Mileva Einstein,
teoría de la tristeza

SLAVENKA DRAKULIĆ

Mileva Einstein, teoría de la tristeza

Traducción de Marc Casals

Galaxia Gutenberg

Republika
Hrvatska
Ministarstvo
kulture
i medija
Republic
of Croatia
Ministry
of Culture
and Media

La edición de este libro ha recibido una ayuda del
Ministry of Culture and Media of the Republic of Croatia

Título de la edición original: *Mileva Einstein, teorija tuge*
Traducción del croata: Marc Casals Iglesias

Publicado por
Galaxia Gutenberg, S.L.
Av. Diagonal, 361, 2.º 1.ª
08037-Barcelona
info@galaxiagutenberg.com
www.galaxiagutenberg.com

Primera edición: marzo de 2024

© Slavenka Drakulić y Fraktura, 2016
Reservados todos los derechos por Fraktura, Croacia
© de la traducción: Marc Casals, 2024
© Galaxia Gutenberg, S.L., 2024

Preimpresión: Gama, SL
Impresión y encuadernación: Romanyà-Valls
Sant Joan Baptista, 35, La Torre de Claramunt-Barcelona
Depósito legal: B 60-2024
ISBN: 978-84-19738-56-1

En la cocina

1914

Mileva está sentada junto a la mesa de la cocina. Es verano. De madrugada. El frescor de la noche entra aún por la ventana abierta.

Con la palma, alisa unas hojas de papel escritas a mano. Sabe que son de Albert, pero las relee y examina la firma, como si no le creyese capaz de escribir algo así. Pero, aunque le cueste creerlo, conoce demasiado bien la letra inclinada de su esposo, con volutas en los extremos de la «L» y la «N». Su escritura es tan retorcida que incluso a un falsificador profesional le costaría imitarla. Aunque en la firma sólo hubiese una «A», sabría que es de Albert. Tantas veces ha recibido cartas suyas, tantas veces le ha visto firmar con esos adornos. Al observar la carta cuando le llegó ayer no le dio la impresión de que, en ningún momento, Albert se hubiese detenido por un instante y cambiado de idea. Al contrario, la letra es constante, trazada con mano firme. Mileva incluso había reconocido la tinta azul que utiliza. Se la compró ella misma en Zúrich, en la papelería donde suele comprar hojas de papel y cuadernos escolares para Hans Albert.

Mileva lee la carta que ayer le trajo su compañero Fritz Haber. Como un auténtico cobarde, Albert no se atrevió ni siquiera a entregársela en persona.

Berlín, 18 de julio de 1914*
Condiciones:
  A. *Te vas a ocupar:*
    1. *De que mis trajes, ropa interior y sábanas estén limpios.*
    2. *De que reciba tres comidas diarias en mi habitación.*
    3. *De que mi dormitorio y estudio estén limpios y, especialmente, de que mi escritorio lo utilice sólo yo.*
  B. *Te abstendrás de cualquier relación conmigo, salvo que sea necesario por motivos sociales. En especial, renunciarás a:*
    1. *Que yo pase tiempo contigo en casa.*
    2. *Los viajes juntos.*
  C. *Al tratar conmigo, cumplirás estas reglas:*
    1. *No esperarás de mí ninguna intimidad ni me lo reprocharás de ninguna forma.*
    2. *Si lo exijo, dejarás de dirigirte a mí.*
    3. *Si lo exijo, saldrás de mi dormitorio o estudio enseguida y sin protestar.*
    4. *No me harás de menos frente a nuestros hijos, sea con tus palabras o tu comportamiento.*

«Sólo es la confirmación por escrito de la situación en la que me encuentro», piensa Mileva. «Si no acepto estas humillaciones, se acabó la vida en común».

Deja el papel sobre la mesa y se acerca a la ventana. Apoyada en el marco de madera, toca el muro con los dedos como si se aferrase a él. Siente una gran necesidad de tocar algo firme y duradero. Como si buscase la confirmación de que está aquí, de que está viva. Es consciente de que tiene mal aspecto, con el pelo deshecho y en camisón. Pero en la cocina aún no hay nadie que pueda ver sus movimientos titubeantes y el parpadeo acelerado con el que intenta retener las lágrimas. «No puedo llorar más», se dice. «Tengo que calmarme y decidir qué voy a hacer».

---

* Todas las citas de cartas marcadas con un asterisco son reales. [N. de la A.]

Aspira hondo el frescor de la mañana. La ventana de la cocina da al patio. «Gris Berlín». Así es como llama al color oscuro de los patios, las fachadas y las calles. En esta ciudad le faltan las vistas a las montañas y la vegetación a las que estaba acostumbrada en Zúrich. Le falta la luz. Le falta el aire. El olor de la cena de anoche –salchichas al horno y ensalada de patatas– todavía ronda por la cocina. En los fogones hay una sartén grasienta y platos de porcelana con las sobras. El pan que está sobre la mesa se ha resecado. Aún están por llegar la sirvienta Fritza y Clara Haber, la amiga en cuya casa se instaló hace diez días con los niños. Anoche podría haber recogido las sobras de la cena, pero no logró reunir las fuerzas para hacerlo. Las Condiciones de Albert la habían roto y se sentía aturdida, como si acabase de recibir un fuerte golpe en la cabeza. «Seguro que los boxeadores se sienten así tras el combate», piensa.

Al leer su «carta» anoche, quedó conmocionada. En el primer momento le dio un ataque de risa. Las Condiciones de Albert le recordaron a los carteles de advertencia que cuelgan en las pastelerías de pueblo: «¡Prohibido peinarse!», «¡No escupas en el suelo!». Probablemente no sirvan de nada, porque sus destinatarios –los clientes tentados de sacar el peine frente al espejo de la pared o de soltar un escupitajo– en general no saben leer. Lo comprueba cada verano en una pastelería de Kać, el pueblo donde su familia tiene una granja, cuando ve a algún chico joven repeinándose frente al espejo junto al cartel.

También se acordó de que tanto a ella como a su mejor amiga, Desanka, el cartel que más les hacía reír era el que colgaba en el baño de su escuela. Decía: «Lávate las manos antes de comer y después de expeler». Les parecía graciosa la rima «comer-expeler». Cuando una de ellas tenía que ir a «ese lugar», como se le llamaba en la época, bastaba con que le dijese a la otra: «comer-expeler».

«Estas Condiciones de Albert parecen un aviso de "comer-expeler"», pensó. «Querida Mileva, sólo tienes que lavarte bien las manos. No escupas en el suelo, no te peines en la pastelería, tápate la boca al toser, no eructes en público, cruza las piernas al sentarte, mantente callada si no se te dirigen, compórtate con recato como una buena chica y todo irá bien», se dijo. Primero le entró una risa histérica y luego la asaltó la incredulidad ante la sola idea de que Albert pudiese haber escrito todo eso en serio. ¡Se atrevía a dictarle condiciones para vivir juntos! ¡A ella, a Mileva, con quien lleva veinte años casado y ha tenido dos hijos! Hans Albert tiene diez años y pronto Eduard cumplirá cuatro.

Hizo una bola con los papeles y la tiró al suelo.

La risa la ayudó apenas un momento, para aliviarse un poco. Mileva no podía aceptar de buenas a primeras que esas condiciones fuesen reales. Sólo lo comprendió cuando su cuerpo le dijo que así era. Sólo cuando sintió un vacío en el pecho; cuando se quedó sin respiración; cuando su corazón empezó a saltar como un gato enfurecido que pega arañazos, buscando salírsele del tórax; cuando sintió el dolor que conocía tan bien. Sabe que el dolor es su medida de la realidad, su fiel recordatorio. Aparece siempre que, por algún motivo, se niega a aceptar lo que está ocurriendo. Cuando le falta poco para caer en la desesperación más absoluta. «El dolor me advierte. Si me duele, al menos sé que sigo viva», piensa en la cocina, apoyada en la pared.

Atrás queda una noche sin dormir. Sabe que la debilidad que siente en esta mañana de julio es sólo una prolongación del impacto sufrido anoche. La debilidad suele preceder a los dolores de cabeza y las náuseas. El dolor de cabeza es lo que más teme, porque la deja durante días en cama. Ya empieza a notarlo en el occipital, una molestia sostenida que se convierte en punzadas cada vez más repetidas y fuertes. Tras el dolor de cabeza acostumbra a caer en un estado de apatía y parálisis que la horroriza. Porque no está sola, tiene dos hijos. La decisión que debe tomar ahora también les afecta a ellos.

«No puedo hundirme, parar esta migraña de alguna forma. Los niños están a punto de despertarse. ¿Dónde estará ese medicamento nuevo? ¿Dónde lo habré dejado?», se pregunta Mileva mientras rebusca con ansia en su bolso. Saca dos paquetitos con polvos y se los bebe disueltos en un vaso con agua. Luego hace girar el vaso en su mano. Espera que el dolor ceda, que se detenga frente al obstáculo, que caiga en la trampa que le acaba de tender el medicamento. Sólo puede quedarse sentada y esperar a que pase.

Anoche, tras leer varias veces la brusca misiva de Albert, dio las buenas noches a los Haber y le pidió a Hans Albert que la ayudase a llegar hasta la cama. Clara le llevó un té. Ella también había leído las Condiciones, pero no le hicieron gracia en absoluto. Sobre todo desde la noche en que Mileva y los niños aparecieron en el umbral de su casa. «Albert ha alquilado nuestro piso, no tenemos donde quedarnos», fue lo único que le explicó Mileva. Como es lógico, Clara los invitó a quedarse con ella y Fritz. Los niños estaban dormidos, y Mileva pálida y desgreñada. Clara vio en su rostro la más completa desesperación. Tras mandar a los niños a la cama, Mileva le contó que se había peleado con Albert porque este había alquilado el piso donde vivían: «¿Cómo ha sido capaz de hacer algo así sin decirme nada? Quiere obligarnos a volver a Zúrich», le aseguró. No le dio más detalles, incluso en esa situación se contuvo. No le contó que le habían llegado rumores de que Albert estaba enamorado de su prima Elsa. Es lo que corría por el Instituto, quizá Fritz lo había oído y se lo había contado a Clara. Mileva no tenía fuerzas para explicarle eso, ni tampoco que ya llevaba un tiempo sospechando de Albert. Clara no la consoló, porque era consciente de que no tenía sentido. Sólo cogió a Mileva de la mano mientras las lágrimas le resbalaban por las mejillas. La mano de Clara tenía un tacto cálido y firme. En ese momento, lo único a lo que Mileva se podía agarrar era el tacto de una mujer a la que apenas conocía.

Así pasaron la noche, dos mujeres solas en la cocina. Entre ellas estaba la mesa con los platos y las sobras de la cena. Y también la tristeza, extendida como un pesado mantel.

Mileva va otra vez hasta la ventana y luego se deja caer sin fuerzas en la silla, como si de la ventana a la mesa hubiese kilómetros. Sabe que es la reacción física al golpe psicológico que le ha dado Albert. No es que antes de eso se sintiese bien en Berlín: había venido porque él lo quiso y ella no tenía alternativa. Después de nueve años en la Oficina de Patentes de Berna y una breve estancia como profesor en la Universidad Politécnica de Zúrich, después de la experiencia con la cátedra en Praga, por fin había conseguido un empleo que le dejaba más tiempo para investigar y escribir trabajos científicos, además de un mejor sueldo: había sido nombrado miembro de la Academia Prusiana de las Ciencias, profesor en la Universidad Humboldt de Berlín y director del recién creado Instituto de Física del Emperador Guillermo. ¿Qué podía argumentarle para que lo rechazase? ¿Que ella y los niños estaban mejor en Zúrich? ¿Que se había acostumbrado a vivir allí y se sentía más segura? ¿Que a los niños les costaría adaptarse al nuevo entorno? Quizá Albert habría aceptado alguno de estos argumentos, pero cuando le contó lo que iba a ganar, Mileva no se atrevió a oponerse. Necesitaban dinero y ella no ingresaba nada. No tenía otra elección que marcharse con él.

Tres meses antes, al trasladarse de Zúrich a Berlín, habían encontrado un apartamento en la calle Ehrenbergstrasse. Mileva no lo acondicionó enseguida. Cuando miraba los baúles sin abrir tenía la sensación de que estaban allí sólo de forma temporal. Todavía siguen en el recibidor, junto a una caja con vajillas y juegos de cama. Dificultaban el paso hacia las habitaciones. Cuando Mileva regañaba a sus hijos por su desorden, el mayor, Hans Albert, solía protestar: «Mamá, aún nos estamos instalando».

Al principio a Mileva esto le sabía mal y se reprochaba sus pocas ganas de disponer el nuevo hogar de la familia. Ahora, tras leer las Condiciones de Albert, piensa que, en realidad, no lo hizo porque tuvo un mal presentimiento. ¿Pero, por qué motivo? No era raro que Albert anduviese poco por casa. ¿Quizá porque estaba arisco y todo le molestaba? Incluso las preguntas del pequeño Eduard, a quien llamaban cariñosamente «Tete», cuando salían los dos a pasear. No hacía tanto que Albert lo sentaba en su regazo y le explicaba paciente cómo se mueven los planetas, o bien le contaba historias. Ahora sólo le reñía. Buscaba una excusa para salir cada noche. Volvía tarde. Luego se trasladó a otro dormitorio.

Tenía cambios de humor repentinos. Por experiencia, Mileva sabía que eso era una señal de que algo lo atormentaba, pero Albert no daba ninguna respuesta a sus preguntas.

Mileva se acordaba de que, dos años antes, tras una visita a Berlín, recibió una felicitación de cumpleaños que la hizo desconfiar. Era de Elsa Löwenthal, la prima de Albert, y, en principio, no había nada sospechoso en ella, salvo que nunca le había escrito. Cuando Mileva se lo hizo notar, Albert no reaccionó con ironía como de costumbre. Estaba enfadado: «¿Y a ti qué te importa? ¿Cómo sabes que no me ha escrito antes?», le dijo a gritos. «Albert, ¿por qué hablas así? ¿Por qué me levantas la voz?». Mileva le cogió de la chaqueta y él la empujó con brusquedad.

«¡Qué estúpida he sido! ¿Por qué pensaba que a nosotros no nos podía ocurrir algo así?».

Después de leer las Condiciones, Mileva le había dicho a Fritz que comunicase a Albert que las aceptaba todas. Se lo había dicho consciente de que la impotencia hablaba por ella. ¿Qué le quedaba, si no? ¿Qué otra opción había? No tenía ni dinero, ni trabajo, ni herencia. Ya antes se había sentido como un boxeador en el cuadrilátero, acostumbrado a recibir golpes.

Era coja de nacimiento, su entorno se había burlado de ella por querer sacarse una carrera siendo mujer; luego vinieron el desprecio y el rechazo de la madre de Albert y la pérdida de su primera hija. Cuando era joven se enfadaba consigo misma por haberse acostumbrado a encajar golpes sin devolverlos. Era el síntoma de su tendencia a rendirse, de su pasividad. ¿Ahora también iba a ceder ante el dolor sin devolver el golpe? Quizá era una cobarde igual que Albert.

Y luego, tras cerrar la puerta del dormitorio y quedarse sola, Mileva sintió cómo toda la pena acumulada se transformaba en ira. «¿Por qué he aceptado esta humillación? ¿Quién se cree que es para tratarme como si fuese su criada? ¿Condiciones? ¿Normas? Lo mejor sería que les prendiese fuego para que jamás las viese nadie y él no quedase en evidencia. A mí no me educaron para ser su esclava. ¡Mi padre no me educó para lavarle la ropa a un hombre y servirle calladita la cena!».

Las pretensiones de Albert habían despertado en ella algo que no sentía desde hacía tiempo: el orgullo. Como si volviese a ser esa muchacha coja que volvía a casa con el vestido sucio de tierra. Al día siguiente se ponía otro vestido limpio e iba de nuevo a la escuela con los mismos niños que se reían de ella y le pegaban. Se sentaba con ellos en clase como si no hubiese sucedido nada, porque no quería mostrarles que la habían herido. Se propuso ser mejor que ellos, la mejor. Recordó lo que le decía su padre: «Tienes que encontrar la forma de demostrar todo lo que vales».

En el instituto masculino de Zagreb, el resto de alumnos hacía como si no la viesen cuando entraba en clase de física, se daban codazos entre ellos y se metían con ella en voz baja. Pero, al terminar el curso, era Mileva quien tenía las mejores notas. En un baile de la escuela esperó en vano a que algún chico la sacase y regresó a casa ahogada en lágrimas. En el baile siguiente tocó el piano y todos la aplaudieron. Al matricularse en la Universidad Politécnica de Zagreb, de nuevo como la única mujer, su bienvenida fueron las mismas miradas que cuando era una chiquilla coja. Como si, en lugar de una mujer, fuese un monstruo. Era en esas ocasiones cuando, desde el fondo de su rabia, brotaba un orgullo salvador que le hacía olvidar, por un momento, que era distinta y, por eso, también más débil. «Es lo que va a ocurrir ahora, Albert. Has calculado mal. Esta vez has ido demasiado lejos con tus exigencias. Me has ofendido, has mancillado todos los años que hemos pasado juntos. No mereces que me quede contigo. Te dejo, porque ya no eres el hombre a quien conocía». Eso es lo que iba a decir.

Había pasado la noche tumbada entre los niños que dormían. En una cama que no era la suya, en una habitación que no era la suya, en una ciudad que no era la suya. Antes de amanecer, había decidido irse de Berlín con sus hijos lo más pronto posible, volver a Zúrich. Le consuela que probablemente Albert no quiera quedarse con los pequeños... si eso es un consuelo. ¿Qué va a hacer, si no, con ellos? ¿Enviarlos a un internado? Además, le obligará a prometer que jamás de los jamases se van a quedar en casa de la familia de él. A la madre de Albert, Paulina, no le sabrá mal, dado que no les quiere por ser hijos de Mileva. Pero sabe que Albert echará de menos los paseos con Tete y las excursiones a la montaña con Hans Albert.

Para Mileva, permanecer en Berlín ya no tiene ningún sentido. No podría quedarse, ni siquiera por el bien de los niños, si el precio es cumplir las Condiciones. Ni el impacto, ni la debilidad, ni la migraña que la invade van a impedirlo. Sobre todo después de que, tras la primera carta, ayer llegase una segunda, no menos desagradable. En ella, Albert aclaraba:

Estoy dispuesto a volver a nuestro piso porque no quiero perder a los niños ni que ellos me pierdan a mí. Ese es el único motivo. Después de todo lo que ha ocurrido, no puede haber una relación de amistad entre nosotros. Tendremos una relación comercial fiable, pero los aspectos personales deben quedar reducidos al míni-

mo. A cambio, te prometo que me comportaré como corresponde, igual que me comportaría con cualquier extraña. Mi confianza en ti es suficiente como para mantener este tipo de relación, pero no más. Si no te ves capaz de vivir de esta manera, asumiré la inevitabilidad del divorcio. *

Mileva ha pasado la noche reflexionando sobre sus palabras. Esas condiciones amontonadas y groseras que había puesto para la vida en común eran verdaderamente humillantes. Sin embargo, tenía la impresión de que no sólo iban destinadas a ella, de que no eran del todo personales. Era como si Albert le hubiese resumido y expuesto la forma en que viven el resto de mujeres sometidas a sus esposos. Aunque no se formulan de manera tan burda, existen rígidas normas sociales de comportamiento que determinan los equilibrios de poder. En su entorno hay pocas excepciones, pocas mujeres que rompan estas normas y se independicen. Incluso en Berlín hay pocas mujeres así, como, por ejemplo, Clara.

¿Por qué Mileva había creído que era una de ellas? ¿Porque pertenecía a la primera generación de mujeres con formación académica? Ha pensado en su madre, Marija, que no tuvo la oportunidad de terminar más de cuatro cursos de primaria y, lo que es peor, a quien ni siquiera se le pasó por la cabeza que tuviese derecho a más. Ha pensado en la maestra Smilja de la escuela de Ruma, por quien había querido ser maestra ella también cuando creciese. «Mileva, te gusta leer y aprendes rápido. Sería una pena que no te formases. El conocimiento es lo único a lo que vale la pena dedicarse, lo único que nos llevamos con nosotros a la tumba», le aconsejó. Se ha acordado de que la palabra «tumba» la hizo estremecerse. Quizá por eso mismo se le quedó grabada esa conversación hasta el punto de contársela a sus padres. Su madre le respondió emocionada: «Mica,[1] tu maestra tiene razón. Yo no he podido ir más allá,

1. Diminutivo de Mileva.

pero tú sí puedes». Era la primera vez que la oía expresar su anhelo de haber estudiado, que le dejaba intuir cómo, a veces, se sentía inferior por no haberlo hecho realidad. Pero ha interrumpido esos pensamientos sobre su madre pues, justo porque ella piensa que no aprovechó su oportunidad, cuando Mileva renunció a licenciarse le dolió aún más que a su padre. Años más tarde, cuando se matriculó en Física en la Politécnica de Zúrich, estaba agradecida a su maestra y también a su padre, Miloš, que la había enviado al instituto e incluso logró inscribirla en Física en la prestigiosa Escuela Real de Zagreb, reservada a alumnos varones. Mileva aún recuerda sus miradas de asombro cuando entró en el laboratorio de la escuela. En la cálida noche berlinesa, se ha estremecido al recordar su soledad mientras escuchaba las lecciones sentada aparte del grupo de chicos. A veces soñaba que entraba en el aula y nadie se daba la vuelta, porque para ellos era invisible. Probaba a decirles algo, gritaba, lloraba. Pero nadie la oía.

Necesitó una gran entereza de ánimo para asistir a cada clase, para no abandonar. Practicaba la indiferencia. Le interesaba demasiado la física como para ceder por culpa de quienes eran inferiores a ella, de mediocres que se comportaban como si fuesen omnipotentes sólo porque habían nacido hombres. Y eso que, a diferencia de ellos, Mileva había quedado exenta de pagar las tasas académicas por sus brillantes notas.

Luego había sentido orgullo por ser la única mujer que estudiaba Matemáticas y Física Teórica en su curso y una de las pocas en toda Europa. ¿Qué la había llevado a su situación actual, sin título, sin trabajo y, en realidad, sin esposo? ¿Acaso sus hijos habían tenido la culpa? ¿Hans Albert, que ya iba a la escuela, y el pequeño Tete, que la abrazaba dormido? ¿Sus hijos habían sido la excusa para dejar pasar la oportunidad de terminar los estudios y buscar un trabajo? Sí, sabía que lo habían sido. Pero no los dos pequeños que ahora se arrimaban a ella, sino la niña sobre la que nadie debía saber. Al pensar en esa primera hija a la que abandonó, esa que ninguno de sus amigos supo que existía, Mileva ha sentido que se ahogaba, como si lo que le sucedía ahora fuese un castigo por aquello. El segundo mensaje de Albert que Fritz le había traído un poco más tarde esa misma noche le había parecido más personal y, por ello, más crudo que el primero. En él, Albert utilizaba la palabra *extraña* y debía ser consciente de que la iba a herir más que cualquier otra. Le anunciaba que se comportaría con ella como «con cualquier otra extraña». Ni siquiera le ofrecía una relación amistosa, sino comercial. A cambio de que la mantuviese, ella tenía que encargarse de varias tareas, a saber, llevar la casa y cuidar a los niños. Como cualquier ama de casa a la que contratase a cambio de una paga mensual. ¿Acaso creía que su oferta era justa y bienintencionada? ¿O es que la ofendía a propósito porque quería librarse de ella y había encontrado una forma sencilla de ahuyentarla de su vida? Plasmada de esta manera en una hoja, su decisión parecía más real. Lo mismo le ocurre a Albert con las ideas, le parecen más claras al escribirlas. Pero se había olvidado de que una cosa son las ideas y otra las personas, de que las palabras que le había dirigido podían tener consecuencias. Es algo que le costaba entender en general. Cuando ofendía a alguien con una de sus supuestas bromas o ironías, luego se extrañaba de que esa persona se enfadase. Cuando le dijo a Helena, amiga de Mileva, que su futuro esposo era un gordinflón aburrido, no se dio cuenta de que había ofendido a ambos y luego tuvo que disculparse. Mileva no sabía si Helena se lo había perdonado jamás, aunque ella le insistió en que Albert no quería decir eso y le obligó a disculparse más veces.

Mileva ha sido su compañera de estudios. Su colaboradora. El amor de su vida. Luego su esposa y la madre de sus hijos. Y ahora la trataba de extraña. Hay algo en esta palabra que dolía bien adentro, de verdad. Incluso más que todas sus condiciones y reglas. Le conoce desde que él tenía 17 años, cuando apenas le despuntaba el bigote. Conoce la inseguridad que oculta bajo su comportamiento irreverente y sus burlas. Era un chiquillo inadaptado y patoso que, en ella, había encontrado a una protectora. Nadie había estado nunca más próximo a Albert que ella. Ni su hermana, Maja, ni su madre, Paulina. ¿Acaso dos personas que viven juntas tanto tiempo pueden volverse extrañas la una para la otra? Puede ocurrir que ya no se entiendan, que otras personas entren en su vida y la transformen, pero no que se conviertan en perfectos extraños. «Podemos ser incluso enemigos, como ahora, pero no extraños», ha pensado Mileva mientras se movía hacia el borde de la cama para dejar más espacio a los niños.

Le ha venido a la mente la primera vez que lo vio, con sus ojos alegres y su pelo negro hecho un alboroto. Parecía un chiquillo infeliz. Sus sarcasmos y chistes no le hacían precisamente popular entre su pequeño grupo de estudiantes, pero no se los solían tener en cuenta porque era el más joven. Comparado con él, por ejemplo, Marcel Grossmann ya era un hombre hecho y derecho. Albert tampoco mostraba respeto a los profesores. Se dirigía al profesor Weber llamándole «señor» en lugar de «profesor», incluso después de que este le recordase con severidad las normas de tratamiento que regían en la Politécnica. No tomarse en serio esas normas le iba a costar caro al terminar los estudios, ya que fue uno de los motivos por los que Weber no le quiso escribir una recomendación laboral. Sin embargo, esta misma falta de respeto por los marcos establecidos le ayudó a realizar descubrimientos determinantes para la física teórica. Mileva entendía cómo funcionaba Albert e insistía en defenderle. Sobre todo frente a sus amigas de la pensión Engelbrecht, en la que se alojaba durante sus estudios. Era superficial e irresponsable, pero también descarado y ocurrente. Tocaba muy bien el violín y las chicas acudían con placer a escucharle, con Mileva acompañándole al piano. Su sentido musical le abría todas las puertas.

«La primera vez que me besó en esa pensión creí que había ocurrido de forma espontánea, un poco por casualidad. Esa noche interpretamos a Mozart, uno de sus compositores favoritos. Luego nos quedamos a solas, sentados con las cabezas inclinadas sobre el mismo libro. De repente se dio la vuelta y me dio un beso. Más tarde me reconoció que llevaba tiempo reuniendo el valor suficiente, buscando la ocasión para quedarnos solos. "Tocaba a Mozart sólo para ti, ¿no te diste cuenta?", dijo. Yo me callé que le veía más como a un niño que como a un hombre».

«Me temo, Albert, que has seguido siendo un niño todo este tiempo...Y ahora ya tengo bastante», piensa Mileva recogiendo las migajas de la mesa. «Algún día tendrás que responder por tus actos».

Dentro de sí, Mileva recuerda lo primero que sintió al leer las Condiciones y la misiva posterior: primero desesperación y, luego ira, desencanto, amargura... Y orgullo. Sólo el orgullo explica las dos decisiones contradictorias que ha tomado: primero, aceptar todas sus condiciones y, al cabo de poco, resolver que se marchaba de Berlín.

Ella no es como su antigua novia Marie Winteler, a la que Albert enviaba paquetes con ropa sucia sin una sola palabra ni mensaje. Marie se la devolvía planchadita y limpia junto a una carta de amor con la esperanza de mantenerle a su lado. Cuando Albert escribía cartas no a ella, sino a sus padres, la llamaba con paternalismo *querida niña** o *muchachita amada,** aun cuando esa señorita era mayor que él, quien apenas acababa de cumplir los diecisiete. La propia Mileva también era mayor que él. Esa diferencia de cuatro años le había parecido sin importancia cuando se conocieron en el primer curso de Física y Matemáticas. Pero ahora resultaba que Albert no sólo era más joven, sino que ni siquiera había madurado. Madurar significa asumir la responsabilidad por tus actos y él lo evitaba.

Albert ha cambiado, pero no ha madurado. Sobre todo ha cambiado en los últimos años, al recibir cada vez más ofertas. Al cabo de mucho tiempo en la Oficina de Patentes a la espera de un trabajo mejor le comenzaron a proponer empleos como docente no sólo en Zúrich o Praga, sino también en Leiden y Utrecht. Mileva sabía que Albert era sociable, que quería seducir a sus interlocutores, pero resultó que también era vanidoso, aunque se esforzase en disimularlo. Lo que ella no hubiese esperado nunca es que la familia le iba a importar cada vez menos. Sentada en la cocina sin saber muy bien qué hacer, Mileva no puede librarse de los recuerdos que vuelven, ni de la sensación de que este es el momento en que su vida se va a partir en antes y después de Albert. ¿Cómo se lo van a tomar los niños? Ha sido un buen padre, ha intentado pasar tiempo con ellos. Hans Albert está muy unido a él. «Es quien lo va a pasar peor», piensa Mileva, y vuelve a la habitación para arroparle con la sábana, como si quisiese protegerlo de la desgracia que se acerca. Tiene la edad suficiente para entender lo que ocurre. Pero, más que Hans Albert, le preocupa Tete, quien reacciona a cualquier cambio con una enfermedad. Le acerca los labios a la frente sudada. No tiene fiebre. Duerme en paz, por ahora.

De nuevo, Mileva siente que la tristeza se levanta como la espuma hasta cubrirla. Igual que en otoño de 1902, cuando subió a un tren de Novi Sad a Zúrich dejando a su pequeña con sus padres. Sólo recordar el momento en que salió de la habitación donde estaba la cuna de Lieserl le despierta un dolor del que jamás se ha recuperado.

«No la dejé con mis padres, la abandoné. No la vi nunca más», se dice Mileva mordiéndose el labio. Con el paso de los minutos la embargan de nuevo la turbación y la inseguridad. Y eso que de buena mañana estaba tan segura de sí misma...

Mientras contempla a los niños que duermen, la atormenta una incertidumbre de la que no sabe cómo escapar. Tiene miedo de sí misma. Miedo de que no la atenace una impotencia todavía mayor. A veces le ocurre: la invade un peso, una parálisis que le impide moverse. Entonces no puede levantarse de la cama ni mucho menos andar, aunque físicamente esté sana. No quiere llamar a ese estado por su verdadero nombre, «enfermedad mental». No quiere «invocar al diablo», como diría su madre. Llamar a las cosas por su nombre es peligroso, aunque a veces cree que es una superstición que se llevó consigo de su país natal con el equipaje, de la misma forma que los rasgos se transmiten de padres a hijos. Mileva es consciente de todo eso e intenta dominarse, no ceder al impulso de encerrarse en su mazmorra. Entonces seguro que no podría irse de Berlín. Si vuelve a tumbarse en la cama, si cede a la fuerza interna que la empuja a hacerlo, sabe que le costará volverse a levantar.

«No puedo seguir siendo una carga para esta gente que nos ha abierto sus puertas. No puedo poner al compañero de trabajo de Albert en una situación incómoda. Fritz y Clara ya se han arriesgado lo suficiente alojándonos durante este tiempo. ¿A quién más hubiese podido acudir en Berlín? Seguro que no a los parientes de Albert. De hecho, al dejar el apartamento ya di el primer paso para dejar a Albert. Cuando di un portazo al salir con una bolsa en la mano me condené a mí misma a marcharme. Él lo intuye y por eso se atreve a plantearme exigencias tan ofensivas. Porque sabe que no las voy a aceptar.

¿Una extraña, dice? Pues que así sea».

Lo mejor será que Mileva les prepare el desayuno a los niños. Hay que hervir la leche y separar la nata, porque al pequeño Tete le sienta mal. Luego escribirá una carta a la señora Hurwitz en Zúrich y otra a sus padres en Novi Sad. Estará muy ocupada. Es la única forma de que los muros que tiene en su interior no se junten y su mazmorra se convierta en una tumba. La tristeza que la invade es como el viejo dolor en sus articulaciones; aunque lo reconozca, no por eso la aflige menos. Es como la cal que se le acumula en los tendones hasta que se los envuelve con una venda.

«Así moriré», piensa. «Petrificada».

Tiene que forzarse a recuperar la calma antes de que se levanten los anfitriones. Tras desayunar, irá con los niños a un parque cercano y se sentará en un lugar fresco. No le gusta el calor de la ciudad en verano, cuando los zapatos se pegan al asfalto ardiente. En general, ya le cuesta caminar y tropieza con la más mínima irregularidad del terreno. Sus sandalias son pesadas como botas de invierno, sobre todo la ortopédica, que lleva por tener una pierna más corta que la otra. Se ha acostumbrado a cojear; para ella, con el tiempo ha dejado de ser un defecto para transformarse en un simple hecho físico. Pero a veces tiene la sensación de que la cojera se convierte en un rasgo crucial que determina el curso de su vida. En algo así como un destino. La cojera como destino... ¿realmente es así? De niña comprobó tantas veces que los chicos se fijaban sobre todo en la apariencia... ¿Acaso no fue ese uno de los motivos por los que valoraba a Albert? Sabía ver lo que había detrás del aspecto exterior, detrás de su cojera. Frente a los comentarios de sus compañeros, Albert veía en Mileva otra clase de belleza y por eso se olvidó de su tara, al menos durante un tiempo. Hoy es una mujer inválida de 38 años con el rostro endurecido, el pelo gris y una cojera que se agrava: a veces, ni siquiera es capaz de andar. Es una mujer que no ha aprendido a vivir sin Albert.

Un poco más y se levantarán los niños.

¿Por qué había propuesto irse todos a Berlín, si ya estaba enamorado de Elsa? Sobre todo, le duele por Tete. Es de salud delicada ya de por sí, enseguida coge un resfriado o cosas peores. Sarampión, varicela, paperas... no hay enfermedad infantil de la que no se haya contagiado. Justo al contrario que su hermano mayor, Hans Albert, quien, por suerte, va a la escuela.

Eso le permite evadirse del triste panorama familiar. Los Haber intentan contenerse, pero ellos también están indignados con Albert y no pueden reprimir los comentarios sobre su conducta. Son discretos, en particular si están los niños delante, pero los pequeños sienten que la situación no es normal. Ya la mudanza a casa de los Haber fue un impacto para ellos. Hans Albert entiende que su madre y su padre ya no se hablan, que entre ellos hay mucha tensión. Pero no pregunta nada, y cuando Tete quiere saber dónde está su padre, le responde: «Deja a mamá tranquila, ya te lo explicará cuando tenga tiempo». Nada más levantarse los niños les dirá que pronto regresarán a Zúrich, donde estaban acostumbrados a vivir. Quizá eso atenúe la separación de su padre. Ahí tenían amigos; aquí todo les resulta ajeno. «Mamá, ¿por qué tenemos que vivir en Berlín?», ya había preguntado alguna vez Tete. «Porque papá ha encontrado un trabajo aquí y quiere estar con vosotros». «Pero si casi no está con nosotros», se quejó el pequeño. Y tenía razón. Porque Albert pasaba más tiempo con ellos cuando regresaba de visita a Zúrich, en el lago o en los montes. Les enseñaba a amar la naturaleza y la música. En eso habían salido a su padre.

«Debería haber sido más prudente, haber esperado como mínimo algún mes más antes de irnos a Berlín para ver cómo se las apañaba Albert sin nosotros. ¿O quizá ni siquiera nos hubiese invitado a venir? Debería haber aprendido por experiencia a reaccionar con más cautela a sus decisiones. No es la primera vez que la familia entera se traslada para luego terminar volviendo a Zúrich».

Se acuerda de que ya había ocurrido en 1911 cuando se mudaron a Praga, donde Albert había sido contratado como profesor de una universidad alemana. Mileva todavía recuerda el apartamento en el barrio de Smíchov. Llegaron a media tarde. El piso era nuevo, amplio y luminoso. Era el primer apartamento en el que tenían luz eléctrica, en lugar de lámparas de gas o queroseno, y Milena estaba entusiasmada con la novedad. Hasta que abrió el grifo del baño para lavarse las manos y salió un agua parduzca que se vieron obligados a hervir. Esta agua la hacía temer por la salud de la familia, en especial la de Tete, que por entonces ni siquiera había cumplido un año. Pero estas preocupaciones apenas llegaban a oídos de Albert, quien pasaba los días fuera de casa, en la universidad. O en la tertulia literaria que organizaba Berta Fanta en el café Louvre, donde se reunían los intelectuales y artistas praguenses. Albert solía ir con su compañero Philipp Frank. Luego le contaba a Mileva los temas sobre los que se había hablado y los asistentes de ese día: el escritor Max Brod, el compositor Leo Janaček o el retraído Franz Kafka, quien se sentaba en un rincón del café y sólo escuchaba los debates o la música.

En Praga fue donde Mileva vio de una forma cada vez más clara que Albert y ella empezaban a llevar vidas completamente distintas. ¿Quizá el motivo era el nacimiento de su segundo hijo y las mayores obligaciones que implicaba para ella? ¿O quizá era que la enfermedad de Mileva se hacía más y más evidente? Apenas se atreve a pensar en eso, porque se abre un abismo al que no osa siquiera acercarse.

Tras el nacimiento de Hans Albert, Mileva se recuperó con rapidez y siguió viviendo como hasta entonces: salidas con Albert, clases particulares, visitas a amigos, debates en el salón, veladas musicales. Con un niño le resultaba más complicado, pero seguía creyendo que ella y Albert podían hacerlo todo juntos. Cuando nació Tete, el matrimonio todavía era *einstein*, «una roca», uno sólo, como decía Mileva riéndose. Pero, con dos niños, la situación se complicó para ella en Zúrich y todavía más en Praga. A veces pensaba que, si pudiese elegir entre cuidar a sus hijos y la vida social, elegiría los cafés y las conversaciones estimulantes. Aunque en Praga tenían a una sirvienta, el trabajo que daban los niños, la limpieza de la casa y las labores de cocina la dejaban exhausta. Esperaba todo el día a que llegase la noche para tumbarse.

«Nos perdimos el uno al otro mucho antes de Berlín».
Se alejaban sin ni siquiera preguntarse el porqué. Mileva caía cada vez con más frecuencia en estados de ánimo sombríos. Ya antes de ir a Praga, su pesadumbre parecía no tener fin. Cada vez socializaba menos e, incluso cuando lo hacía, se quedaba la mayor parte del tiempo callada.

«No era sólo por tener a cargo dos niños», piensa tres años más tarde en Berlín. «Ya entonces huía a propósito de la sociedad, de las salidas. Los hijos y la obligación de cuidarlos me servían de excusa. Me sentía culpable por eso. Gracias a los ingresos de Albert podría haber contratado cada cierto tiempo a una niñera para salir y juntarme con los amigos. Sé que la forma en que me dediqué a los niños y sólo a ellos no fue sana. En realidad, se debía a la desesperación. Como si los niños fuesen la manera de salvarme de mí misma, del vacío insoportable que dejó Lieserl y que, desde entonces, llevo dentro de mí como una herida no cicatrizada. Me daban igual tanto mi carrera como acompañar a Albert en sociedad».

Su estado psíquico iba a peor y, cada vez con más frecuencia, sentía como si llevase una bola de hierro atada al tobillo. Mientras no le prestaba atención no sentía tanto su peso, pero, a la que conseguía olvidarse de ella y echaba a andar como si fuese libre, la bola de hierro tiraba de ella hacia atrás. Desde hace más de una década se siente como una persona que un día tropezó y cayó en un pozo. El pozo está oscuro y sólo a veces desde lo alto se filtra algo de luz. En ocasiones Mileva grita y pide ayuda, pero su voz no llega a los demás. Pasa el tiempo acurrucada en un agujero negro, con miedo a caer todavía más abajo. Como una prisionera sin esperanzas de indulto. Son los demás quienes deciden el espacio por donde se puede mover y las condiciones para hacerlo, la profundidad a la que está atrapada, el peso de la bola de hierro e, incluso, la intensidad del dolor.

Se acuerda de que una vez, en Praga, se miró al espejo que estaba sobre el lavabo y rompió a llorar. Con el pelo desgreñado y un delantal sucio, se vio a sí misma como una criada. Philipp Frank, el compañero de Albert que la vio por casualidad en ese estado, luego contaba que probablemente Mileva fuese esquizofrénica. Por entonces, la esquizofrenia era un diagnóstico de moda; como la histeria, claro. Mileva se pregunta si, hasta cierto punto, Frank no habría tenido razón. No tanto por el diagnóstico en sí, sino por intuir que en ella había algo que para nada era como debía. Albert no hizo el más mínimo caso a Frank, como si no le hubiese oído o no hubiese querido saber que a su esposa le ocurría algo. Ya no tenía tiempo para ella.

Quizá fuese la maternidad de Mileva lo que fue alejando al uno del otro. «¿Quizá ya no le atraigo?», se preguntaba ella por las noches, cuando yacía en la cama sola o Albert se dormía dándole la espalda. Se quedaba dormido en un segundo y ella se le arrimaba ansiosa por detrás, calentándose con su cuerpo. ¿Quizá el distanciamiento respecto a Mileva había sido el motivo por el que se había enamorado de Elsa, redactado aquellas Condiciones y prohibido cualquier intimidad?

«¿Por qué ya no podemos hablar? Hablemos», le decía a veces cuando él llegaba a casa ya bien entrada la noche. Albert la miraba sorprendido, con tristeza. «Estoy cansado», solía responder. «Yo también estoy cansada», pensaba Mileva, pero no lo decía. ¿De qué iba a estar cansada ella? Incluso Albert se quejó a Carl Seelig, quien ni siquiera era un amigo cercano, de que su esposa se había vuelto reservada, le hacía reproches y siempre estaba de mal humor. ¿Ni siquiera se le había ocurrido que ella podía tener melancolía o depresión, como se llamaba ahora a esa enfermedad? Sabía que alguien que padece un trastorno psíquico, se llame como se llame, necesita ayuda. Y que, si él aceptase que la ansiedad y la desesperanza de Mileva se debían a la enfermedad, quizá debería hacer algo para ayudarla. Pero Albert dudaba de la existencia de las enfermedades psíquicas y, además, evitaba cualquier situación que le pudiese quitar tiempo para investigar y escribir. Encontró gente más interesante con la que relacionarse y la dejó sola. «¿No será que estás celosa de la ciencia?», le preguntó su amiga Helena en una carta que le envió desde Belgrado. «Sí, y no sólo de que haga ciencia, sino también de sus amigos», se reconocía Mileva a sí misma, pero eso no la hacía sentir mejor.

Inquietud, tristeza, desesperación, indiferencia, apatía... Conoce bien esta sucesión de estados de ánimo porque se repiten. Empezó a experimentarla mucho antes de vivir en Praga. Otra vez, la enésima, siente que el suelo desaparece bajo sus pies. Si no se serena, se hundirá en el agua sucia del fregadero. La alivia haber decidido marcharse de Berlín. «Aquí tan poco dependía de mí...», piensa mientras por fin retira los platos de la mesa de la cocina. «Antes, mi poder de decisión no iba más allá de la puerta del apartamento y el cuidado de los niños: suénate la nariz, coge la bufanda, fuera hace frío, cierra la puerta, dame el periódico, qué queréis para comer, a qué hora volverás esta noche, Albert. ¿Cuándo vendrás? Ya nunca», piensa. Su mano tiembla y la taza que sostenía cae dentro del agua jabonosa.

Mientras friega los platos y tazas, es consciente de que, en realidad, se aferra a ellos. Los objetos son lo único a lo que puede agarrarse en esta cocina de Berlín, como sucedía en las cocinas de Praga o Zúrich. Los objetos le dan la sensación de existir. Sin ellos estaría completamente perdida.

Todo esto lo atestiguan los papeles que tiene delante, escritos por Albert de su puño y letra.

Vuelve a las condiciones, párrafo B, puntos 1 y 2, sobre la prohibición de pasar tiempo y viajar juntos. Eso lo ha incluido adrede porque sabe que es el único placer de Mileva, quien ansía pasar tiempo con él, algo que ya le había quitado mucho antes. ¿Y los viajes? Ya ni recuerda cuándo habían viajado solos, salvo una visita reciente en Semana Santa a Marie Curie en París. Salieron y pasaron tiempo con Marie, quien les presentó a sus amigos científicos. De esta forma, nadie percibió ni la hosquedad de Mileva ni el desinterés de Albert.

Marie no perdió tiempo conversando con ella, salvo lo necesario para no ofenderla. Mileva tuvo que reconocerse a sí misma que Marie no era la amiga de los dos, sino sólo de Albert. De todas maneras, ¿sobre qué iba a hablar Marie con una física no licenciada, ahora ama de casa? Por supuesto, no sobre «cosas de mujeres» ni sobre niños. ¿O le iba a hablar sobre su joven amante Paul Langevin, que había abandonado a su esposa por ella? En aquel tiempo, su relación no sólo tenía escandalizado a *tout Paris*, sino también a numerosos científicos y colegas de todo el mundo. Ni siquiera la concesión en 1911 del segundo premio Nobel a Marie –esta vez de Química– frenó los ataques mezquinos por su relación con Langevin. Cuando la Academia Sueca le recomendó que no asistiese a la ceremonia de entrega, Marie respondió que no veía la relación entre su trabajo científico y su vida privada, así que fue a Estocolmo. Entonces Albert le envió una carta de apoyo:

No se ría por el hecho de que le escriba aunque no tenga nada inteligente que decir. Pero me ha indignado tanto la manera superficial en la que el público se atreve a tratarla que tengo la absoluta necesidad de expresar mis sentimientos. Debo decirle que admiro su intelecto, su motivación y su honestidad, y que me considero afortunado por habernos conocido en Bruselas.*

«Albert no la criticaba por esa relación y estaba en lo correcto», piensa Mileva, aunque entonces no se imaginaba que esas frases se podrían aplicar casi en su totalidad a su esposo. Ahora le parece que apoyó a Marie no sólo por amistad, sino también para afirmarse a sí mismo, porque los ataques contra Marie coincidieron con el inicio de su relación con Elsa.

Por lo que Mileva vio durante su estancia en París, a Marie las críticas no la preocupaban en exceso. A Mileva le sabía mal no haber logrado acercarse a ella a lo largo de esos días. Porque Marie Curie era la única mujer, la única persona fuera del entorno familiar, que podía despertar en Mileva el remordimiento por no haber hecho el examen final en la Politécnica y luego doctorarse, tal como había planeado. Era el modelo de la Mileva que, en 1896, se inscribió en la Politécnica para estudiar. Es más, cuando Marie obtuvo, junto a su difunto marido Pierre, el primer premio Nobel en 1903, su carrera dio esperanzas a Mileva mientras trabajaba cada noche en los cálculos matemáticos de Albert. Marie tenía una carrera, un matrimonio, hijos y dos premios Nobel. Mileva recuerda bien que, al mirarla, pensaba que ella también lograría alcanzar esa seguridad, ese aplomo al desenvolverse en un entorno masculino.

A Mileva sólo le faltaba medio examen para conseguir la licenciatura. Si aprobaba la parte oral, podía emprender su propio camino y dedicarse a la ciencia. Quizá no hubiese ganado el Nobel, pero se hubiese dedicado a lo que amaba y tanto había deseado. En los congresos o en sociedad, Albert no la hubiese presentado como su esposa, sino como su colega. Si no le hubiese conocido, si no se hubiese vuelto tan dependiente de él, si no hubiesen tenido enseguida a Lieserl... Ese medio examen era la diferencia entre su realidad actual y la posibilidad de una vida totalmente distinta.

«No puedo dejarme llevar por estas ideas, sólo me harán estar peor», piensa Mileva sentada en la cocina. Todavía sola.

En ocasiones aún había sentido con Albert la cercanía de un tiempo, sobre todo cuando tocaban juntos, pero cada vez ocurría con menor frecuencia. Durante la última época en Zúrich la solía acompañar al piano Lisbeth Hurwitz, la hija del profesor de ambos, mientras Mileva, sentada entre el público, callaba como si se hubiese quedado muda. ¿Cómo permitió que, de su relación, desapareciese incluso la música, una de las cosas que les había unido? Todavía hoy puede volver en su memoria a una habitación de estudiantes en la pensión Engelbrecht. Mileva, Helena, Ružica y Milena escuchan a Albert tocar a Mozart con el violín, que por entonces, igual que ahora, llevaba siempre consigo. Había algo conmovedor en su interpretación, en la forma en que la música transformaba a un joven conocido por realizar comentarios cáusticos que no defendían ni siquiera quienes le mostraban mayor aprecio. Cuando tocaba era distinto: más suave, más amable, más abierto. Cuando Mileva le acompañaba al piano, el hecho de tocar juntos –como el de estudiar juntos– formaba lazos invisibles que les unían con fuerza.

Mientras, sentada, Mileva contempla las hojas de papel, siente en los oídos el latir de su sangre. Piensa que debe ponerse en marcha por los niños, pues ahora dependen de ella más que nunca. Son el origen de los grandes cambios que se han producido, pero también la fuente de sus ganas de vivir.

Siente un amargor en la boca. Mira a su alrededor en busca de algo dulce que mitigue ese sabor desagradable. En general no le gusta la comida dulce, pero a veces se lanza a por el chocolate o coge a los niños un caramelo de menta de esos que tanto le gustan. «Mamá, ¿otra vez has estado triste?», le pregunta Tete cuando ve que faltan caramelos en la caja de latón.

Saca la tetera del armario de la cocina. Lo mejor será que se sirva una infusión. Busca manzanilla, porque es lo que más la podría calmar. También unas gotas de valeriana, que olvidó en Zúrich. No encuentra la manzanilla, sino sólo té negro, al que en su país llaman «ruso». De la despensa coge mermelada, la mermelada que hace su madre con ciruelas de Kać. Recuerda habérsela llevado al irse del piso porque a los niños les gusta. Abre el tarro y coge una cucharadita de la mezcla espesa, casi negra. Deja que se le funda en la boca, como si fuese un medicamento. El sabor amargo desaparece. La dulzura de la mermelada le devuelve la imagen de su madre inclinada sobre la cazuela que ha colocado en el fogón, mientras ella y su hermana Zorka esperan para que les deje probarla. La mezcla negra se va calentando y la casa se llena de un olor a ciruelas. Luego, con mucho cuidado, introducen la mermelada en tarros de cristal. Su madre aún prepara esa mermelada cada otoño y, normalmente, les hace llegar algún tarro a Zúrich a través de un conocido.

¡Si al menos Albert no hubiese escrito ese mensaje brusco, crudo y egoísta! ¿Quizá entonces le resultaría más fácil? Sus palabras escritas con tinta azul sobre el papel blanco le parecen cruelmente formales.

De todas maneras, esta situación dolorosa con Albert ya hace un tiempo que dura. En realidad, Mileva accedió a mudarse a Berlín con la esperanza de que así tendrían una oportunidad de acercarse de nuevo. ¿Y qué había ocurrido? Albert había buscado un piso lo bastante grande como para tener una estancia para él solo e instalado allí no sólo su escritorio, sino también una cama. Ya antes dormían en camas separadas, pero ahora quería una independencia completa. ¿Qué les quedaba, si ya no podían ni siquiera hablar? Además, probablemente por miedo a la reacción de Mileva a sus Condiciones, Albert se había refugiado en casa de su tío Rudolf. Por pura casualidad, allí vive también Elsa Löwenthal, su hija divorciada, con las dos hijas ya mayores de su primer matrimonio, Ilse y Margot. La misma Elsa con la que Albert ya lleva dos años carteándose. Cuando Mileva le mostró la felicitación de cumpleaños que le había enviado Elsa, Albert le mintió diciéndole que no tenía nada con ella. Mileva lo supo nada más llegar a Berlín. Ahora le parece incluso que Elsa podría haber sido el motivo por el que Albert aceptó el trabajo en la ciudad.

«Seguro que Albert no se alejó de mí y los niños en busca de paz», piensa Mileva, y nota como su amargura crece. Por eso en las Condiciones menciona la intimidad: «No esperarás de mí ninguna intimidad ni me lo reprocharás de ninguna forma». Pese a su enorme decepción, releer ese párrafo le devuelve una sonrisa. Su intimidad ya se reducía a evitar el contacto físico, así que resulta cómico que ahora lo declare con solemnidad en un papel. Intuye que esa frase no es idea suya. Está convencida de que, antes de entregar las Condiciones a Haber, se las ha mostrado a Elsa. Y también de que está bastante orgulloso de cómo han quedado. Seguro que le ha dicho con aplomo: «Ves, estoy casado con esa mujer, pero ya no tenemos nada en común». Para Elsa ese papel debe haber servido como una especie de garantía por escrito, como un obstáculo interpuesto entre los cuerpos de Mileva y Albert. Si pudiese, Mileva le diría que esa frase es totalmente innecesaria, porque entre ellos no existe ninguna intimidad. Si fuese posible, advertiría a esa señorita a la que sólo ha visto una vez de que ya antes había dudado de la fidelidad de Albert, pero no quiso fatigarse con recelos. No tenía fuerzas para luchar. Porque, de todas maneras, ¿adónde hubiese llevado? Si le hubiese preguntado de forma directa, es probable que Albert le hubiese dicho una mentira, igual que había mentido sobre Elsa. Pero hasta ahora ninguno de sus flirteos había puesto en riesgo el matrimonio.

De hecho, Mileva evitaba pensar en ese rasgo de Albert. Le creía cuando le aseguraba que, para él, los flirteos eran sólo una representación, una forma de halagar su vanidad masculina. Cuando ya estaban casados, le reprochó que intentase de forma demasiado evidente llamar la atención de una conocida de ambos y él reaccionó como un niño ofendido. «No te lo tomes a mal, Mica. Sólo es un juego, un entretenimiento superficial», le dijo. «Lo que nos une no lo puede comprometer ninguna de estas damiselas a las que cortejo o que me cortejan». Esas palabras bastaron para que le creyese. Así le resultaba más sencillo, aunque las dudas la seguían incordiando. Elsa es la prueba de que tenía razón. El hecho de que Albert no se vaya a quedar mucho tiempo junto a ella tampoco resulta de gran alivio. Elsa puede ver por sí misma cuál es la relación de Albert con las mujeres. Basta con prestar atención cuando esté con él en un grupo de gente. Por cómo mira a las mujeres, por cómo se dirige a ellas y se esfuerza por impresionarlas, llegará sola a la conclusión de qué es lo que piensa y desea. Además, debería pensar en sus dos hijas, más jóvenes y atractivas que ella. Se dice de Ilse que es una auténtica tentadora. ¿Acaso cree que a Albert le resultará indiferente?

Mileva piensa en el largo tiempo que lleva sin sentir el tacto de las manos de él, ni siquiera para darle un abrazo amistoso. Y en cómo el cuerpo de Albert le enviaba mensajes ya antes de que cobrara plena conciencia de que la relación había cambiado. De forma deliberada, no había prestado atención al lenguaje del cuerpo. Quería creer que entre ella y Albert existía una relación sólida, pese al alejamiento, a las recriminaciones claras y frecuentes que Mileva le hacía, a las peleas y también a las otras mujeres que irrumpían en su vida y sobre las que mentía diciendo que, con ellas, sólo tenía una relación de amistad. Esa fe la había vuelto ciega.

Apoyada en la mesa, Mileva espera a que hierva el agua para el té. Mientras da vueltas a la situación con el deseo de que Albert no hubiese escrito jamás esas repugnantes Condiciones, dentro de sí conserva una esperanza ingenua –ahora sin sentido– de que todavía se pueda arreglar la relación. ¿Está intentando justificar a Albert? Sí. Porque, en caso contrario, ¿cómo se justificaría a sí misma por haber vivido tanto tiempo con él? Con un hombre que ahora se dirige a ella de forma tan denigrante. Al cabo de tantos años juntos, Mileva es consciente de que su relación se basaba en la afinidad de intereses, la confianza y el apoyo, pero también en la inseguridad e inexperiencia de Albert con las mujeres cuando era joven. Mileva necesitó tiempo para convencerse de que Albert se había convertido en un hombre cuyo apetito sexual crecía a la par que su éxito. Su apoyo cada vez le importaba menos. Recuerda cómo, en la carta que envió a un amigo, ella misma escribió: *Espero y deseo que la fama no influya decisivamente en su humanidad.** Al hacerlo, no tenía plena conciencia de que ya estaba ocurriendo. Lo peor es que las demandas de Albert la confrontan no sólo con él, sino también consigo misma. No puede evitar preguntarse quién es ella y qué ha hecho mal para que Albert la trate de esta forma.

En el decreto vulgar de su marido en virtud del cual Mileva debe ocuparse de la ropa, la comida y la limpieza no aparecen por ningún lado sus derechos, sino sólo sus deberes. Con el tiempo se ha convertido en ama de casa y gobernanta al servicio de su esposo a cambio de que la mantenga. Este género de relación no es nada inusual; así vive la mayoría de gente de su entorno. Pero a Mileva ni siquiera se le había pasado por la cabeza que, al cabo de tantos años de estudios, terminaría convertida en ama de casa. Ahora, si acepta sus Condiciones, bajará un peldaño más y se transformará en sirvienta.

Son muchachas silenciosas, normalmente pueblerinas, que abren la puerta y cogen los abrigos de pieles de las damas, los sombreros y los gabanes de los caballeros. Les hacen entrar en el salón y les sirven un refrigerio, la comida o la cena. Nadie les presta atención. Basta con decir «Muchas gracias» a la chica para que esta comprenda que ya no hace falta, haga una reverencia y se marche. Innecesaria. Invisible. Las señoras procuran que las chicas no sean demasiado jóvenes ni guapas para que los señores no se fijen en ellas. Son cosas que ocurren. Se sabe. Se cuchichea. Pero, incluso si no destacan por su aspecto, a veces por las noches los señores se acuerdan de estas criadas. Quizá la señora está indispuesta, tiene jaqueca y se ha retirado a su habitación. En la casa sólo hay otra mujer, aunque sea para una noche, aunque sea como sucedáneo. El señor se cuela en su modesta habitación. Da igual si no es una belleza, tampoco se ha metido en el cuarto para contemplarla. Además, si es discreta, la muchacha recibirá algún franco o marco de propina. Si no, le aguarda el despido sin carta de recomendación.

«Sería una sirvienta, pero ni siquiera de esas: una sirvienta vieja y gastada», piensa Mileva.

Se pregunta qué ve en ella Albert cuando la mira. Antes que nada, a la madre de sus hijos. ¿Y qué más? ¿En qué pensaba exactamente al escribir: «*Dejarás de dirigirte a mí, saldrás de mi dormitorio o estudio*»?

Quizá estas Condiciones son sólo la culminación de su desfachatez, la manera de quitársela de encima para continuar su romance con Elsa. ¿Por qué si no iba a alquilar por su cuenta el apartamento donde se habían instalado? ¿Dónde se suponía que iba a servirle y cumplir sus tiránicas instrucciones, si no vivían juntos?

Mileva vierte la infusión en la taza. El chorro oscuro se sale del borde y mancha el platito situado debajo. Los ojos se le llenan de lágrimas. Se apoya en la mesa y deja que caigan en la taza.

En esta cocina de Berlín, la desesperación le aprieta la garganta con dedos fríos.

Mileva, con aire ausente, coge otra cucharadita de mermelada. Le encantaría refugiarse en su niñez. Se escondería en lo alto del mirador construido junto a la casa de Kać para observar a las cigüeñas en su nido sobre el tejado, el patio con frutales y los campos cubiertos de trébol. Y el cielo. Pensar en el cielo la devuelve a la realidad. «Era algo que teníamos en común», piensa. «Ambos podíamos pasar horas mirando el cielo nocturno y charlando. Eso era lo que más nos unía».

Al iniciar los estudios, ambos eran personas solas e inseguras. Ella, una provinciana coja que venía de los Balcanes y por la que los chicos no mostraban ningún interés. Él, un bicho raro encerrado en sí mismo cuyas ideas y comportamiento sólo movían a la burla. ¿De qué forma su relación, que empezó como un socorro mutuo, se transformó en una mutua comprensión? Al principio Mileva no se dejó llevar con tanta facilidad por los sentimientos. Intentó marcharse a estudiar a Heidelberg, pero esperaba con ansia las cartas de él. Con todo, tenía que quedarse en Heidelberg. Había abandonado los estudios en Zúrich para escapar de Albert. Ya ese mismo otoño de 1897 presintió lo que le esperaba si volvía a Zúrich. Tenía miedo de sus sentimientos por Albert y de esa cercanía que jamás había sentido. Se resistía a iniciar una relación seria que pudiese constituir un obstáculo para sus estudios. Luchaba por controlar los sentimientos dedicando todo su tiempo a las clases y, por las noches, a la lectura. Apenas escribió a Albert unas pocas cartas de tono contenido. Intentaba rehuir el acercamiento porque comprometía el objetivo que se había fijado: licenciarse y encontrar trabajo. Con esos deseos se había despedido de ella su padre cuando se fue a Zúrich, porque, en todo el mundo germanófono, las mujeres sólo podían estudiar en Suiza.

Ese invierno comprendió que, tras estar con Albert a diario, cada vez le costaba más vivir sin él. De día, durante las clases, no le echaba de menos, pero de noche le vencía la nostalgia. Ambos se habían acostumbrado a compartir cada pensamiento, cada nueva idea y experiencia. Sin ese eco, sin la reacción del otro, era como si nada tuviese sentido. Habían construido una relación en la que se sentían a gusto, se habían vuelto adictos el uno al otro, se devolvían el reflejo. Mileva se había acostumbrado a la soledad y creía que le iba a dar la libertad necesaria para dedicarse a sus estudios. Pero estudiar con Albert, discutir sobre los temas que interesaban a ambos, resultaba aún más atractivo. Su relación empezó con la ciencia, las ideas y el intercambio de opiniones, pero pronto se transformó en un sentimiento de pertenencia mutua. Mileva ya no era capaz de distinguir sus ideas, pensamientos y planes de los de él.

Ahora le parece que se conocieron hace mucho. Casi ha olvidado la suavidad de sus labios, los primeros contactos y el sentimiento de que ya no estaba sola. Cogió confianza a una persona que la conocía bien y en la que podía apoyarse cuando le hiciese falta. Es precisamente esa confianza construida a lo largo de quince años juntos lo que más va a echar de menos. Si al menos pudiesen volver a sentarse en la mesa, cogerse de la mano y charlar como cuando eran estudiantes. «Como esa noche en la que le brillaban tanto los ojos», recuerda Mileva. Hablaban sobre las propiedades de la luz, pero ella estaba concentrada en su cara. Y recuerda con exactitud cómo, llegado cierto momento, cuando Albert la cogió por la cintura y la atrajo hacia él, dejó de entender lo que le decía. Sólo escuchaba el sonido de su voz y se entregó a su tacto.

Si ahora volviesen a sentarse juntos el uno frente al otro, si apareciese en esta cocina y dijese: «Mica, lo siento»... ¿qué haría ella?

Le diría que ya es demasiado tarde. Está segura.

Por un momento Mileva oye ruidos provenientes del exterior. El chirrido del tranvía, unos pasos en el patio, una puerta que se abre y se cierra... La ciudad se está despertando. Si su amiga Milica de la pensión Engelbrecht oyese lo que piensa, la trataría de sufragista. Las chicas estudiaban biología, idiomas, química, literatura, pero, sobre todo, pensaban en casarse. ¿En qué se diferenciaba Mileva de ellas? En que ella no pensaba en el matrimonio. Pero, al cabo de quince años, aquí está, en la misma situación.

Mileva adora a sus dos hijos, pero a veces odia ser madre, porque los niños, en lugar de una alegría, pueden volverse una carga. En esos momentos le parece que, como tantas otras mujeres, paga un precio demasiado elevado por la maternidad. Aunque dejó la física por una crisis mental de la que jamás se ha recuperado, aunque no tiene fuerzas ni el apoyo de Albert para luchar, el abandono de su carrera y la dedicación a los niños han dejado un vacío dentro suyo.

«He quedado reducida a ser madre», piensa Mileva, consciente de que «sólo» a las mujeres que consideran la maternidad una bendición y el más alto deber esto les podría sonar como un desprecio a la vida que llevan.

¿A quién se puede quejar de esta sensación de vacío? ¿A su madre? ¿A su hermana? Quizá a Clara, en cuya cocina se sienta. Al fin y al cabo, es la primera mujer jamás licenciada en Química por la Universidad de Wroclaw. «Empezamos estudiando lo mismo», piensa Mileva, «pero yo no terminé y ella no ha sido madre». No, mejor que no le hable a nadie de sí misma. Clara podría preguntarle por qué no se licenció y la respuesta era larga, triste y dolorosa. No quiere hablar de eso con nadie... Apenas se atreve a recordarlo.

«A veces me sorprende lo poco que sabemos de nosotros mismos, de nuestro universo interior. De ese universo, Albert no tiene ni idea».

Vuelve a leer las Condiciones. ¡La ropa sucia! Después de todo. Después de años de conocerse, de once años de matrimonio, de la miseria que habían pasado juntos, del frío, a veces del hambre. Después del maltrato de todos los profesores que se negaron a escribir una recomendación para que Albert fuese asistente en la universidad. Y después del año 1905, cuando publicó cuatro ensayos en la revista de ciencia *Anales de Física* que se convirtieron en el fundamento de su carrera posterior. Mileva le ayudó a revisar la bibliografía más reciente y elaboraba las ideas con él. Procuraba sopesarlas desde todas las perspectivas, hacerle preguntas, provocarle, contradecirle. Era justo lo que Albert necesitaba, alguien con quien debatir que tuviese al menos sus mismas cualificaciones. Por entonces aún no se atrevía a polemizar con vacas sagradas como Hendrik Lorentz o Max Planck. Sólo era un joven empleado de la Oficina de Patentes. Mileva trabajaba en la demostración matemática de sus teorías, sin la cual no las hubiese podido publicar. En eso era mejor que Albert. Tomaba notas de la bibliografía extranjera, firmaba bajo el nombre de él reseñas de publicaciones especializadas. ¿De dónde hubiese sacado Albert el tiempo para hacerlo? Pasaba seis días enteros por semana en la Oficina de Patentes. El tiempo que podía «robarle» al trabajo lo dedicaba a escribir sus tesis. Y, cuando empezó a dar clases, era Mileva quien se las preparaba. Cada vez que formulaba una nueva premisa la ponía a prueba hablando con ella. Mileva estaba a su lado, siempre a su alcance. Recuerda bien las muchas veces que ambos se quedaron dormidos ya al amanecer, entre libros y apuntes.

En esa época también fue importante que Mileva le animase a escribir. Mil veces le había dicho: «Mica, ¿dónde estaría yo sin tu apoyo?». Ella no lo atribuía a ningún mérito singular por su parte. En primer lugar, porque sabía que Albert tenía un talento excepcional para la física teórica. En segundo lugar, por un motivo práctico: tenía que ayudarle porque, para conseguir aunque fuese el puesto más bajo en la universidad, tenía que publicar. Podría haber pedido que firmasen los artículos juntos, pero no hubiese tenido sentido. ¿Cómo iba a empezar una carrera científica si ni siquiera estaba licenciada? Y, sin licenciatura, tampoco podía obtener un doctorado.

El círculo a su alrededor empezaba a cerrarse. Mileva comenzó a sentir una angustia que ya jamás la abandonaría.

Ha pasado mucho tiempo desde que Albert le daba hojas con problemas matemáticos que ella se lanzaba a resolver. O desde que salía hacia algún lado y le dejaba los deberes sobre la mesa. Igual que ahora, sólo que ya no se trata de matemáticas. Con la palma de la mano, vuelve a alisar el papel sobre la madera. Ahora tiene claro que la ofende especialmente que no le haya dejado hojas con números. Se acostumbró a que le diese problemas matemáticos, ecuaciones y fórmulas. Y, en lugar de eso, ¡le da órdenes e instrucciones de conducta!

Le cuesta creer que Albert se comporte como si lo hubiese olvidado absolutamente todo. ¿Cómo habían llegado al extremo de que ella deba hacerse cargo de su ropa sucia? ¿Cómo es posible que ese mismo Albert, su querido Albert, en lugar de problemas matemáticos le deje en la mesa normas de comportamiento?

Mientras espera a que los niños se despierten, Mileva piensa que ni este devenir de los acontecimientos ni la huida de Albert hacia Elsa deberían haberla sorprendido. ¿Acaso no recordaba que en Zúrich había ocurrido algo similar? En 1909, cuando Albert consiguió la cátedra en la Universidad de Zúrich, la noticia apareció en la prensa local. Poco después recibió una carta de una tal Anne Meyer, quien antes de casarse se apellidaba Schmid. Esta conocida de Albert evocaba los recuerdos que ambos tenían en común. Se conocieron en un hotel donde Albert había veraneado diez años antes con sus padres. La carta era inconcreta pero sugestiva. Su autora le felicitaba por haber logrado el puesto y manifestaba su esperanza de volverle a ver.

Albert se entusiasmó al recibir ese correo. Respondió con galantería que él también tenía grandes recuerdos de aquel verano:

*Es probable que yo aprecie más que usted los recuerdos de las maravillosas semanas que me fue permitido pasar a su lado en el hotel Paradise.**

En la respuesta le indicaba, para futura correspondencia, no la dirección de su hogar, sino la de su despacho.

Esta carta llegó por casualidad a manos de Mileva. «¿Quién es esa mujer, Albert? ¿Por qué le das la dirección de tu despacho?», le interrogó. Le extrañó que Albert no fuese capaz de ofrecer ninguna explicación convincente. Estaba claro que el hecho de haber indicado la dirección de su despacho revelaba sus intenciones deshonestas; deshonestas hacia Mileva, claro. No intentó defenderse. Como si hablase con un niño desobediente, Mileva le ordenó con severidad que devolviese enseguida la carta. Frente a ella, Albert la volvió a meter en el sobre y escribió la dirección de remite. Pero, antes de cerrar el sobre, también puso, bajo supervisión de Mileva, que no había terminado de comprender del todo la carta de la señorita Meyer. Mileva había decidido que la mejor opción era hacer como si no hubiese entendido las alusiones de la citada.

Creía que, con eso, se habían evitado males mayores, pero se equivocó. La carta terminó de nuevo en las manos equivocadas, ahora las de Georg Meyer, el marido de ella, quien le pidió explicaciones a Albert. Aunque él y Anne nunca más se hubiesen encontrado, para el esposo era una cuestión de honor. Enojada, Mileva respondió ella misma al señor Meyer sin que Albert lo supiese. Se le quejó de las insinuaciones fuera de lugar que había hecho su esposa. Al enterarse, Albert quedó consternado. Aunque despreciaba el honor y la corrección pequeñoburguesas, la conducta de Mileva le pareció inaceptable. Escribió una carta a Meyer explicándole la insólita acción de ella como una consecuencia de sus celos desaforados, carente de justificación alguna. Luego Michele Besso le confesó a Mileva que había horrorizado a Albert con su ataque de celos. «Su amor me asfixia», se le había quejado. «Ella ni perdona ni olvida».

Pensativa, Mileva se pone la mano en el corazón, como si quisiese comprobar que sigue latiendo. Ni siquiera ahora le resulta indiferente acordarse de su carta a Anne Meyer. No fue agradable para ella sospechar que Albert la engañaba con otra. Al oír esta palabra, él hizo un gesto despectivo con la mano como si se tratase de un prejuicio pequeñoburgués, lo que a Mileva antes le resultaba incluso simpático. Pero, después de que en sus vidas apareciese Elsa, ya no podía cerrar más los ojos. Albert, su Albert, le había sido infiel. ¿Quién sabe cuántas veces más había ocurrido antes de Elsa? Sus amigos la habían advertido de forma discreta, pero no les había hecho caso para protegerse inconscientemente del dolor.

Después de Praga, sentía que Albert la dejaba cada vez más fuera de su vida. Ya no era su igual. No necesitaba su apoyo. Pasaba más tiempo con el médico Heinrich Zangger, vecino del edificio en la calle Moussonstrasse adonde se habían mudado poco tiempo antes. Se quedaba hablando con él toda la noche, mientras que a Mileva apenas le dirigía la palabra. Todo su tiempo libre lo dedicaba a cartearse con Planck, Lorentz, von Lane y otros. Cada vez era más raro que fuese con los niños al parque o de excursión, pese a ser consciente de lo felices que eso les hacía. Y la sustituyó como ayudante en cuestiones de matemáticas por Jakob Laub. Jakob era un joven simpático y a Mileva le gustaban su inmediatez y sentido del humor, pero no que su presencia la apartase de las investigaciones de Albert. Él le reiteraba que lo hacía para que pudiese cuidar mejor de los niños.

«Sí, Albert, muchas gracias».

¿Fue en 1910, al nacer Tete, cuando en realidad cambió todo? ¿Acaso los niños y su dedicación a la ciencia habían alterado tanto su relación? ¿Por qué a ella le habían dejado de interesar la ciencia, las investigaciones y los artículos? ¿Cuál era la última vez que Albert le había pedido que resolviese un problema? Recuerda que un día, cuando aún vivían en Berna, en que él vino corriendo de su despacho a casa y, acelerado, le empezó a hablar sobre un hombre que se precipitaba en caída libre. Era noviembre de 1907, Mileva lo recuerda con exactitud. «¡Un hombre en caída libre no siente su propio peso!», le dijo ya desde la puerta. Caminaba enfebrecido por la cocina repitiendo esas mismas palabras, casi a gritos por la excitación. Hans Albert acababa de dormirse y Mileva le hizo un gesto con la mano para que no diese voces. «Tranquilízate y explícamelo con calma. ¿Qué hombre? ¿Por qué cae? ¿Qué importancia tiene que caiga?». En la cocina, mientras comía, Albert le explicó la idea a partir de la cual luego iba a formular el principio de equivalencia. «Mica, esto es lo mejor que he pensado nunca», exclamaba llenándose la boca de comida. Ni siquiera se dio cuenta de que, ese día, ella le había servido estofado de lentejas con salchichas, su plato favorito.

Su posterior ensayo sobre la gravedad se basaría en esta revelación. Mileva era su público de prueba. Le obligaba a tranquilizarse y articular con calma su pensamiento. Pero todo eso era antes de que naciese Tete.

Unos años más tarde, a principios de 1911, viajaron de nuevo juntos al cabo de mucho tiempo. En el tren con destino a Leiden hacía frío y la calefacción era escasa, pero Albert se quitó primero el abrigo, luego la americana y finalmente el jersey. La excitación le acaloraba, tanto que Mileva pensó que tenía fiebre. La razón no eran ni el viaje en sí ni la conferencia que iba a dar, sino el encuentro previsto con el profesor Hendrik Lorentz. Por ese motivo no pegó ojo en toda la noche. En el frío vagón, ambos repasaron una y otra vez la concepción de las partículas cuánticas que sostenía Lorentz. Mileva no podía imaginarse su relación sin esas conversaciones, ya fuesen sobre partículas cuánticas, los fotones o las propiedades de los líquidos.

Con el tiempo, este tipo de intercambios se fueron espaciando. Cuando al fin Albert logró una cátedra como contratado en la Politécnica, Mileva lo veía cada vez menos durante el día y, por la noche, sólo si ella iba a algún concierto o al teatro. Volvía a casa tarde. «Adrede», estaba convencida Mileva. Al principio intentaba acompañarle por la ciudad, ir con él a conciertos y tabernas. Se resistía a dejar de pasar tiempo con Albert. Cuando sabía que se iban a encontrar en algún lado, le llevaba bocadillos o pasteles aunque sus conocidos se burlasen. Por la noche, antes de acostarse, le dejaba comida sobre el fogón y plato y cubiertos sobre la mesa. Cuando se levantaba a la mañana siguiente encontraba la comida intacta.

A veces le sorprendía. Le abrazaba y le decía: «Venga, olvidemos las peleas». Eso le alegraba. Por entonces entre ambos todavía había calidez y cordialidad. Jugaba con los niños y a veces iban juntos de excursión a algún monte cercano. Entonces Mileva se ponía de buen humor. El apartamento seguía siendo un hogar y, para ella, un escondrijo, un refugio del mundo, un rincón en el que aún se sentía protegida.

Los ataques de celos de Mileva no hicieron reflexionar a Albert. Jamás se preguntó por qué se ponía de esa manera. ¿Era sólo por Anne o quizá tenía otras razones para mostrarse tan agresiva? Era como si ella ya no le importase. Tras el episodio de Anne, fueron de excursión con Marie Curie, que había venido a devolverles su visita parisina. Mileva querría olvidar esa excursión por el comportamiento de Albert. No era capaz de centrarse en la conversación seria que se mantenía porque estaba haciéndole bromas a la niñera de las hijas de Marie, una joven que, claro, se sentía halagada. Mileva se preguntaba si Marie se estaba dando cuenta. También si, quizá, pensaba que, visto que Albert intercambiaba miraditas tan abiertamente con una chica delante de su esposa, qué haría cuando ella no estuviese cerca. Mientras contemplaba a Albert haciendo reír a una muchacha desconocida, a Mileva le pareció convertirse en algo que nadie mira, como un sillón viejo. A Albert le daba igual si estaba presente o no, ni siquiera la veía. Entonces ya no veía en ella a una mujer, sólo a una madre y una criada. Igual que cuando se puso a redactar las Condiciones.

Mileva llevaba cada vez peor su enfermedad y su aislamiento. Cuando eran jóvenes, él la necesitaba a ella, porque era más fuerte. Luego fue Mileva quien necesitaba más a Albert, pero él tenía cada vez menos tiempo para ella. «Mis amigas viven lejos, en Belgrado, Viena y Novi Sad», piensa Mileva acercándose a los labios el té ya frío.

Recuerda que su mejor amiga, Helena, le escribió diciéndole:

Creo que las mujeres guardan más tiempo el recuerdo de esa época maravillosa que llamamos juventud y, de forma inconsciente, quieren que las cosas permanezcan inalteradas... Los hombres siempre se adaptan mejor al presente. *

Mileva no podría haber descrito mejor sus preocupaciones respecto a Albert, sus malos presentimientos.

Le invade un sofoco y se desabrocha el primer botón de la blusa. La falda le aprieta en el talle. Está engordando. Justo ahora se da cuenta de que está engordando, en el momento ideal para ocuparse de estas tonterías.

Quizá le resultaría más sencillo si pudiese contárselo todo a alguien. Pero, ¿a quién? A Clara le explicó lo que había creído necesario teniendo en cuenta la situación. Y a su madre y Zorka no quiere complicarles la vida. Zorka, de todas formas, tampoco la puede ayudar. «Huye de la gente», le ha escrito su padre, preocupado. Cada vez que la ve, a Mileva le parece más extraña y recluida en sí misma. ¿Quizá porque ella también es coja? ¿O podría haber otra razón? Estando de visita, en varias ocasiones Zorka se había dado cuenta de que Albert no paraba por casa y le preguntaba a su hermana cómo podía vivir así. ¿Por qué toleraba que la dejase de lado? «Por los niños», respondía secamente Mileva. Si le hubiese empezado a dar explicaciones más largas, Zorka tampoco la hubiese entendido. ¿Qué sabía ella del matrimonio? Además, siempre había sospechado de Albert. Es verdad que podía ser cínico, a veces incluso malvado. Ni siquiera las buenas amigas de Mileva en la pensión soportaban sus bromas de mal gusto. También sus amigas están lejos. Se alejó de ellas después de casarse, como si el matrimonio fuese una prisión. A ellas tampoco puede reconocerles abiertamente su derrota. Recuerda que, antes de la boda, le había escrito a Julija en una carta:

*De los hombres no hay que esperar mucho, ¡lo sé muy bien!**

¿Acaso había olvidado sus propias palabras?

A los niños les falta poco para despertarse. Primero aparecerá Hans Albert con un pijama. Ya tiene diez años. En el último año ha crecido y su rostro ha tomado un aire serio. Es silencioso, introvertido. Le gusta encerrarse en su habitación y leer libros especializados. «Será ingeniero, lo veo venir», comenta sobre él Albert. No le gusta la idea, Mileva lo sabe por su tono de voz. Tete es hablador. Todavía es un bebé, aunque tenga cuatro años. Nada más levantarse, se sentará en su regazo. «Mamá, dame un beso», le ordenará su niñito adorable.

Mileva toma otra cucharadita de mermelada, que la hace sentir mejor. ¡A paseo las caderas, para qué pensar ahora en el físico! ¿Y por qué? Jamás ha sido su principal virtud, ni siquiera de mucho más joven. No puede decir que los hombres se diesen la vuelta cuando la veían pasar. Tampoco Albert. Es consciente de que su aspecto siempre ha quedado en segundo plano. Algunos de sus compañeros la apreciaban por su inteligencia. Albert hacía como si no notase que ella renqueaba, incluso en las conversaciones. Cuando alguien le preguntaba si no veía que Mileva era coja, respondía que tenía muy buena voz. Sólo mucho después Mileva se dio cuenta de que, al conocerse en el primer curso de universidad, Albert apenas acababa de cumplir diecisiete años. Cuando lo vio por primera vez, su primera impresión fue que era inmaduro y se comportaba de forma un poco extravagante. Un año antes había terminado la escuela de Aarau, donde se aplicaba una pedagogía distinta, la de Pestalozzi. Allí Albert se sentía libre. En la Politécnica parecía un joven incapaz de socializar, como si hubiese crecido solo en mitad del desierto. A veces, por esta inadaptación, Mileva se compadecía de él.

Aunque ella también era estudiante, en aquella época estaba segura de sí misma, de sus conocimientos y de adónde quería llegar. Al cabo del tiempo, Albert le dijo que le había fascinado porque hasta entonces no había conocido a una mujer como ella: formada, segura de sí misma y capaz de hablar de igual a igual con los hombres. Mileva le entendía y le daba una seguridad que no encontraba en nadie más. ¿Su relación se basaba en el amor o sólo se habían juntado porque eran útiles el uno al otro? Porque, cuando la situación de Albert cambió, también lo hizo su actitud respecto a Mileva.

«Y yo también he cambiado. He abandonado mis ambiciones, mis relaciones, mi curiosidad. Me he ido volviendo cada vez más mediocre. La culpa de estos cambios no la tiene sólo él», piensa Mileva.

Albert iba cada día a su trabajo como empleado en la Oficina de Patentes. Terminada la jornada laboral, de camino a casa hacía un alto en alguna cervecería para tomar algo y socializar. Ni siquiera veía a Hans Albert. Cuando llegaba por la noche, el pequeño ya dormía. Mileva ya había fregado los platos y, con el periódico o un libro en las manos, escuchaba sus pasos, cansada pero igualmente con ganas de charlar. Para ella sus conversaciones eran preciosas, eran lo que más echaba de menos. Había ido dejando de ser la compañera de Albert, de tener importancia para él, hasta acabar resultándole repulsiva. Ahora ha encontrado la forma de librarse de ella. Le ha enviado las Condiciones, seguro de que su orgullo le impedirá aceptarlas.

Da vueltas por la cocina. Se levanta, va hasta el fogón y luego hasta la ventana, como si buscase algo. «Corres de aquí para allá como un pato mareado», le hubiese dicho su madre. Nunca ha visto a un pato mareado, pero el recuerdo la hace sonreír. De niña siempre le hacían gracia las expresiones de su madre. Con la mirada repasa las tazas y los platos. Se da cuenta de que su mente ya está preparando el viaje. ¿Qué le diría su madre? Sabe que le pediría que reflexionase, que pensase en qué parte de responsabilidad tiene ella en esta situación. Desde pequeña sus padres le inculcaron el sentido de la responsabilidad, la necesidad de ponerse en el lugar del otro, la duda sobre si estaba en lo correcto. A veces piensa que esa educación la ha hecho insegura. ¿Quizá se estará precipitando con la decisión de volver a Zúrich?

Le basta con mirar otra vez las Condiciones para saber que no.

Sus celos sólo se aplacaban con la idea de que si Albert había tenido alguna aventura, no había sido lo bastante seria como para amenazar su relación. Recuerda que, durante un tiempo, se consolaba diciéndose que ninguna otra mujer, por atractiva que fuese, podría darle el sostén científico e intelectual que ella le daba.

«¿Acaso no me consolaba así?», recuerda mientras se afana junto a los fogones. «¿Quizá no fuese una forma de vanidad? ¿De veras tenía el tipo de inteligencia necesario para entender la forma de pensar de Albert? Quizá me decía eso a mí misma porque no tendía a coquetear y seducir. Para él, la comprensión y el apoyo fueron importantes cuando era muy joven, pero ya hace tiempo que se había vuelto seguro de sí mismo. Mi rol en su vida ha cambiado. Es como si, desde que fui madre, ya no me encontrase ningún interés. ¿Y cómo voy a tenerlo, si apenas hablamos de nada que no sean problemas prácticos? Que si el dinero, que si el apartamento, que si los niños... nunca hablamos de física o filosofía como antes».

Empezó a quejarse, a hacerle reproches, a exigir su tiempo y atención, aun siendo consciente de que lo atosigaba, como él mismo le echaba en cara enfadado. «Mileva, hija, eso a los hombres no les gusta», le advertía su madre, cuando en verano se alojaban en casa de los padres de ella y les oía sin querer. Pero Mileva se sentía en lo correcto y creía que su hombre no era como los demás. No tenía una mentalidad patriarcal como su padre. «No te preocupes por nuestras rencillas», le decía a su madre para tranquilizarla. ¿Y ahora? ¿Qué le iba a escribir ahora, tras volver con los niños a Zúrich? ¿Le iba a confesar enseguida que había dejado a Albert? ¿Cuánto tiempo podía escondérselo a sus propios padres? Con el tiempo, ellos habían cogido cariño a Albert y valoraban su éxito. Al principio de su relación con Mileva, sospechaban de él y quizá incluso les resultase desagradable. Su padre jamás entendió que dejase a Mileva viajar sola hasta Novi Sad para dar a luz. Ni que, tras el parto, no encontrase tiempo para ir a verla. «Es muy joven, papá, sólo tiene veintidós años», intentaba defenderlo ella. «Si es así, tú eres responsable de lo que ocurre», le respondía su padre con el ceño fruncido.

Albert no visitó a la familia de Mileva hasta 1905, cuando Hans Albert ya tenía un año. «Por fin», le dijo a Mileva su padre. «Las malas lenguas iban diciendo que te habías inventado un marido». A Mileva el comentario la entristeció, pero sabía que la situación de su padre no era fácil. Tras dar a luz a Lieserl, la había dejado a su cuidado. No se había licenciado, tan orgulloso como estaba él de su inteligencia y conocimientos. «Por eso anda bastante retraído», le dijo su madre. «Ya no va a la ciudad tan a menudo como antes porque no quiere que la gente le pregunte por ti». Pero su padre enseguida aceptó a Albert porque era simpático y se esforzó por ganárselos. Iba con él a la taberna, jugaba a las cartas con sus amigos, charlaba con los vecinos que sabían alemán y les hacía reír con sus chistes. Tenía humildad y eso les gustaba, aunque lo más importante fuese que era el padre de su nieto.

En esta mañana berlinesa, Mileva es consciente de que los mayores miedos de su padre se han hecho realidad. Se ha quedado sola con dos niños. En sólo diez años, aquella muchacha alegre que quería dedicarse a la ciencia se ha convertido en una criada que debe hacerse cargo de la ropa sucia. Sabe que, desde hace años, su padre está contrariado porque no ha logrado ser científica. O, como mínimo, profesora de física y matemáticas en una escuela secundaria. Puso mucho dinero y esperanzas en su formación, aunque todos le considerasen un insensato: ¿dónde se había visto enviar a una chica a la universidad? En el caso de su hijo Miloš se daba por supuesto, pero... ¿qué sentido tenía formarse para una mujer si igualmente iba a terminar siendo madre y esposa? Cuando Mileva se inscribió en la Politécnica, su padre estaba tan orgulloso... Recuerda que se alojó en una pensión cercana a la de ella y ese mismo día la invitó a comer. «Mileva bonita, estoy tan contento por ti. Lo has conseguido pese a todos los obstáculos. Yo tenía razón, no me has decepcionado». «Padre, debería estar orgulloso de usted, de su persistencia. Hasta ahora no le he decepcionado, pero tengo todos los estudios por delante. Esperemos a que me licencie y entonces lo celebraremos», le respondió. Cuando evoca estas palabras casi proféticas que su padre seguro recordaba a la perfección, a Mileva le duele aún más todo.

Ojalá, en lugar de Zúrich, pudiese ir a Novi Sad. Le sería mucho más fácil vivir con sus padres y dar clases en la tranquila provincia, lejos de Albert. Pero no puede porque no está licenciada.

«Querido padre, si pudiese, su Mileva, que la ha decepcionado tantas veces, le enviaría esta hoja de papel, esta misiva con las Condiciones. Contiene la respuesta a todas las preguntas que usted jamás ha hecho. Vea sólo qué requisitos humillantes impone Albert a su esposa ante la Ley, a la madre de sus hijos. Y no fruto de un enfado o una pelea, no. Las ha escrito con toda la tranquilidad negro sobre blanco. Como si fuesen una ecuación matemática o, todavía peor, un contrato laboral. ¡Y la primera de todas, la condición básica, es que me encargue de su ropa sucia! ¿Puede creérselo, padre? ¿Acaso usted ordenaría a su esposa, Marija, que se ocupase de su ropa sucia? ¿Se dirigiría a su mujer como a una sirvienta, humillándola no sólo a ella, sino también a sí mismo? Vea cómo ha ordenado las normas en puntos numerados. Todo bien organizado, claro, fácil de recordar. Sus admiradores estarían orgullosos una vez más de la claridad de Albert. Pero esta vez no se trata de una teoría. Ni del universo. Se trata de personas cercanas, de su familia, y eso es completamente distinto. Dudo que nadie le admirase al leer estas hojas de papel. Espero, por su bien, que sus amigos jamás sepan nada de esto. Por eso, padre, no le enviaré las hojas para que se convenza, ni tampoco le escribiré sobre lo ocurrido. Aunque sé que usted me entendería mejor que nadie pese a que le he decepcionado profundamente. Pese a que sufre por mí».

No, no puede enviarle estas Condiciones a su padre, porque está enfermo del corazón y eso acabaría con él. Desde lejos, Miloš sólo puede intuir que algo raro ocurre en su matrimonio y es mejor que no sepa los detalles. De todas formas, ya tiene suficientes problemas con su hija menor. Zorka vuelve a estar muy enferma. También lo estaba el verano pasado, cuando Mileva visitó a su familia en Novi Sad con Albert y los niños. Al bautizarles en la iglesia de San Nicolás, Albert no estaba presente. No es que se opusiese a ello, simplemente le daba igual si los niños eran cristianos ortodoxos. Él no creía en Dios y, de todas formas, sus hijos tampoco podían ser judíos.[1]

Durante mucho tiempo, Mileva se había resistido a las pretensiones que tenía su padre de bautizar a los niños. Pero el pasado verano estaba tan sola, tan alejada de Albert. Necesitaba algún punto de apoyo, el que fuese, así que aceptó bautizar a los niños para complacer a sus padres, sobre todo a Miloš. «Ya que a Albert le da igual, como mínimo puedo hacer un poco feliz a mi padre», pensaba al escuchar la salmodia del pope en el agradable frescor del templo. Su padre no podía concebir que a Albert le resultase indiferente la decisión de Mileva de bautizar a sus hijos en la fe ortodoxa. No pensaba,

1. En la tradición hebrea, el judaísmo se transmite por la madre, y, como indica el texto, Mileva Einstein era cristiana ortodoxa. [N. del T.]

como él, que se tratase de una mera formalidad. «Mica, el bautizo es una cosa seria», insistía. Ella tuvo que suplicarle que no juzgase a Albert según sus criterios. «¡Los criterios son los mismos para todas las personas civilizadas!», gritaba enfadado Miloš. «¿Qué dirá la gente cuando vean que su padre no ha ido a la iglesia, sabiendo que está aquí? Ya sé que a veces Albert es raro, pero me deja mal frente a mi entorno. Si tan igual le da, ¿por qué no puede ir a la iglesia?».

Pero Albert no se dejó convencer. Su decisión era más importante que mostrarle respeto al padre de Mileva. Terminaron yéndose de Novi Sad antes de tiempo porque ella no podía soportar el silencio dolido de Miloš.

Durante el bautizo, lo contempló, vestido con su mejor traje. Ya había comenzado a encorvarse y encanecer. Su madre bajaba la cabeza y se enjugaba las lágrimas con un pañuelo. Zorka no había venido con ellos sino que se había quedado en la casa de Kać, porque allí era donde estaba más tranquila. A la que la sacaban del entorno que conocía y la montaban en un coche de caballos, enseguida se ponía nerviosa. «¡Mis gatos! ¿Qué pasará con ellos? ¿Quién les dará de comer?», iba gritando por el camino. Mileva la agarraba de la mano y le explicaba que lo haría Julka: «Ya sabes que nuestra Julka es muy buena». Como si eso significase algo para su hermana siete años menor, que cada vez presentaba mayores síntomas de padecer un trastorno. Cuando llegaron a la casa de Kać, la encontró con el vestido roto y sucio, desarreglada, con el pelo enredado. No se quería lavar, pero Mileva la cogió de la mano y, juntas, se metieron en la bañera de latón. Se lavaron una a la otra como en la infancia. «Ha vuelto mi Mica», le decía con cariño Zorka. Cuando eran niñas, Mileva acunaba a Zorka en su regazo, le cantaba, la peinaba y le contaba cuentos tal como hacía ahora con sus niños. Pero, en los últimos tiempos, Zorka se había vuelto inaccesible y alejaba a todo el mundo de ella.

«Tu hermana vuelve a estar mal», le había escrito Miloš a Mileva en su última carta. Ni siquiera hacía falta que describiese su estado. Mileva sabía que, a las fases de nerviosismo, les seguía una de agresividad. Con quien peor se comportaba era con su madre, a quien cubría de insultos. A papá no se atrevía a atacarle. Tras esta fase hostil, comenzaba un retraimiento que podía durar días. A Mileva le asustaba la enfermedad de Zorka, porque en ella veía signos sobre los que evitaba pensar.

«¿He abandonado a mi hermana? ¿Su situación cambiaría si le dedicase más tiempo o si ella se mudase con nosotros a Zúrich?».

El tarro ya está casi vacío. «¿Dios mío, cuándo me he comido toda esta mermelada?». Quizá de esta forma sacia inconscientemente el hambre. «En realidad tengo hambre de ternura», se dice, y enseguida ahuyenta esta idea por su romanticismo cursilón. ¿El amor? Está pagando caro el error de creer que el amor ideal existía, que ese estado de elevación del sentimiento podía durar para siempre. Ya no es una chica ingenua recién llegada de la provincia. A lo mejor anhela comprensión, eso seguro. Es consciente de ello cuando escribe cartas a sus amigas. Pero al mismo tiempo se reprime porque tiene miedo de que la compadezcan. Toda la vida ha sentido horror a que le muestren compasión, justamente porque todos la compadecían por su cojera.

Cierra el tarro de cristal. «A Tete le gustan las crepes justamente con esta mermelada. Le gusta el dulce como a su padre. A Albert se le ilumina la cara con una sonrisa nada más ver que en el plato hay pasteles, sobre todo si se los envía Paulina. Aunque lleguen secos y deshechos, se abalanza a por ellos y los engulle hasta la última migaja.

Mileva tiene claro que no podrá viajar enseguida a Zúrich. Tendrá que encontrar un piso o, como mínimo, un alojamiento temporal en una pensión. Al piso anterior ya renunció en el pasado. Se siente mal al pensar que aún debe quedarse unos días más como invitada en Berlín. ¿Cuánto va a durar eso? ¿Cómo se comportará con Albert cuando se encuentren? Porque tendrán que encontrarse... ¿Se saludarán y harán como si nada hubiese ocurrido? Lo mejor sería no verle siquiera. Le hará saber a través de Fritz que se marcha para siempre, eso resolverá esta tensa situación. No cree que él se oponga a que se vaya. De todas formas está bien claro que no quiere que sigan viviendo juntos.

¿Tenía derecho a esperar de Albert cualquier cosa que no fuesen estas hojas de papel? Una vez Lisbeth Hurwitz, que suele tocar con él y le conoce bien, le describió así: «Es una persona alegre y humilde como un niño». En realidad no era humilde y ahora ya ni siquiera era alegre, como mínimo en casa. Además, a Mileva no le hacía falta ocuparse de un tercer niño. Necesitaba a alguien que le diese apoyo, en lugar de agravar su psicosis.

Seguro que Ida Hurwitz, la madre de Lisbeth, la ayudará a encontrar una pensión en Zúrich. El piso lo va a buscar cuando ya esté allí. Lo mejor será que le escriba una carta, tiene que buscar papel y sobre. Pero, ¿qué motivo le va a dar para su vuelta? ¿Que Albert ha expulsado a toda la familia del apartamento y que ahora vive con un amigo cuya hija es su amante? No quiere mentir, porque el profesor Hurwitz y su familia son viejos amigos del matrimonio. Puede contar con ellos pase lo que pase, pero no meterlos en sus peleas. Le encantaría poder escribir: «¡Quiero escaparme lo más lejos posible de Berlín! De Albert y Elsa, de Paulina y su mezquindad, de toda su familia. Todos estos años Albert ha luchado contra ellos, los ha evitado y ridiculizado, incluso a su adorada madre Paulina. Y ahora está sentadito en su regazo e incluso vive con su tío Rudolf. Tiene la excusa ideal, que se ha peleado con Mileva. Pero el verdadero motivo es mucho más simple: ¡su prima Elsa, que vive en la misma casa!

Puede explicarle a los Hurwitz que Tete está enfermo, esa sería la mentira más suave que puede decir. Realmente la salud de Tete es frágil y ellos son conscientes.

No, no escribirá eso. Decide que no dará ninguna explicación para este retorno súbito. Simplemente les pedirá que la ayuden a reservar la pensión porque «han surgido dificultades con el alojamiento en Berlín». Con esto bastará, de momento.

La madre de Albert intentó disuadirlo de casarse con Mileva. «Es más vieja que tú, inválida, serbia y además fea», le soltó a bocajarro. Albert no se guardó estas ofensas para él y se las transmitió literalmente a Mileva palabra por palabra. Ella primero pensó que Albert era muy valiente por contarle lo que opinaba su madre, porque de esa forma demostraba que Mileva le importaba. Pero, al mismo tiempo, sabía que Paulina era la única mujer que tenía influencia sobre él. Fue la primera vez que sintió miedo de esa mujer desconocida que ejercía un poder sobre su esposo. «¿Y qué le has respondido?», le preguntó fingiendo indiferencia. «Le he dicho la verdad. Que eres mi igual, que eres muy inteligente». A Paulina eso no la convenció respecto a la elección de Albert: le respondió que ya había visto que a Mileva también le gustaban los libros, pero que a él, como a cualquier hombre, le hacía falta una mujer que le cuidase.

Mileva jamás olvidó estas palabras. Pero lo que más molestaba a Paulina de ella, su mayor pecado, era no ser judía. Paulina había apalabrado para su hijo único a una señorita judía de buena familia y así se lo dijo. «Mi querida madre es una típica pequeñoburguesa», le explicó Albert a Mileva. «Pero a mí me dan igual sus ideas. Y no me importa la religión». Mileva no quería juzgar a las personas por su aspecto, pero, en su respuesta a esa carta de Albert, le dijo que, vista la fotografía de Paulina con un vestido de rayas que él tenía en su biblioteca, su madre tampoco era precisamente una gran beldad. Era una ofensa, claro, pero Albert no se enfadó. Solía zanjar estos asuntos haciendo un gesto de desinterés con la mano.

En esta mañana, para Mileva no hay pensamiento más doloroso que el de que Paulina tenía razón. Seguro que ahora está satisfecha de que su hijo único esté con su prima Elsa, a quien no le interesan ni la ciencia ni los libros y que lo va a cuidar. Dice que es alegre, sociable y buena cocinera. Que sea una cualquiera con la cabeza hueca y sedienta de fama a Albert parece que ya no le importa.

¿Será consciente de cómo ha cambiado en estos últimos años? Cada vez se parece más a la gente a la que no soportaba. El mundo también ha cambiado. Antes Paulina ya consideraba a los serbios un pueblo de bandidos. ¿Qué pensará ahora que un serbio, Gavrilo Princip, terrorista y asesino del heredero al trono, ha arrastrado al Imperio austrohúngaro a la guerra? ¿Ese atentado también es un argumento contra Mileva? Apenas ha transcurrido un mes del magnicidio en Sarajevo y por todas partes se nota la tensión. Los periódicos no dejan de elucubrar sobre la posibilidad de una guerra. Albert no ha dicho nada, como mínimo delante de ella, aunque Mileva no es nacionalista. Sabe que él es pacifista, contrario a cualquier guerra, y que la sola idea de un conflicto armado le horroriza. Con dieciséis años renunció a la nacionalidad alemana y vivió durante años sin documento alguno, como apátrida, sólo para evitar que el ejército le reclutase.

Pero el atentado sólo es una excusa, no el verdadero origen de la psicosis bélica que flota en el aire. Los Haber únicamente hablan de ese tema. Sobre las movilizaciones que se producirán. Sobre la militarización de la sociedad, la imposibilidad de viajar, la escasez. Frente a la idea de que Austria-Hungría esté en guerra con Serbia, a Mileva su desgracia le parece tan insignificante que, por un momento, se siente aliviada. Pero luego piensa que no podrá ir a Belgrado, la capital del Reino de Serbia, desde Novi Sad, en el lado austrohúngaro de la frontera. ¿Qué ocurrirá con sus amigos belgradenses? ¿Y con su hermano? ¿Acaso tendrá Miloš, recién licenciado en Medicina, que luchar en el ejército austrohúngaro? Ya no puede hablar sobre eso con Albert, como sobre tantas otras cosas. Él desprecia la política incluso aunque trastoque la vida de todos.

¿Por qué Albert no le ha escrito que toda esta situación humillante es por causa de Elsa? ¿Por qué le falta el valor de reconocer que tiene una amante? Mileva intuye que su enamoramiento tiene como mínimo dos años de antigüedad. Es una observadora atenta. Cuando se trata de Albert, tiene una mirada perspicaz y no se le escapa ni siquiera el cambio más nimio. Elsa incluso se ofreció a ayudarles a encontrar piso en Berlín. ¡Qué osadía! Estaba segura de que Mileva ignoraba su relación con Albert. Mileva no se convenció de hasta qué punto su relación era seria hasta que se mudó a Berlín. En realidad, hasta que ayer recibió la confirmación en forma de reglas de conducta sólo tenía una punzante sospecha. Podía saberse que Albert se había enamorado por pequeños detalles: estaba de buen humor sin motivo alguno, evitaba pasar tiempo en casa y con su familia, emprendía viajes sin Mileva... Y, además, estaba el deseo claro de sacar a Mileva de su vida que había demostrado al alquilar el piso donde vivían juntos, lo que, en la práctica, equivalía a echarles de casa.

Si se tratase de un capricho pasajero, Albert no se atrevería a codificar con detalle su relación. Las Condiciones eran su reconocimiento definitivo de que Mileva era su esposa sólo formalmente. No iban a divorciarse, pero tampoco iban a estar nunca más juntos.

Cuando, unos meses antes, llegaron a Berlín, Elsa los visitó para ver cómo se habían instalado. Apareció de golpe en el umbral de su casa y Mileva no le pudo cerrar la puerta en las narices, que es lo que el cuerpo le pedía hacer. Elsa la saludó de manera afectuosa, demasiado. «Es guapa según lo que se lleva ahora, a los hombres les gustan rellenitas», sentenció Mileva tras examinarla. En realidad, no pudo evitar el pensamiento de que tenía una belleza banal. Elsa era rubia, de pecho voluminoso y sonrisa ancha. Bajo el vestido, ceñido en la cintura, debía llevar un corsé o, como mínimo, una faja de las que estaban cada vez más de moda. Mileva rechazaba esa prenda con el desprecio de la estudiante aventajada. «¿Para qué oprimir el cuerpo? Las mujeres ya no son sólo un adorno», les había dicho a las chicas de la pensión. Pero, mirando a Elsa, entendió por qué las mujeres se torturaban de forma cruel hasta quedarse casi sin aire. Cuando Albert la vio, su expresión se transformó por completo. Su mirada se dirigió primero al rostro de Elsa para luego deslizarse hasta sus senos, que se perfilaban dentro de un vestido de verano con escote. Pensó que Mileva no se daba cuenta. ¿Era ese el secreto de la feminidad? ¿Ir ceñida y exhibirse, parpadear y sonreír con recato? Ni siquiera de joven había recurrido a esos «trucos femeninos», como les llamaba, y ya era demasiado tarde para eso. Elsa también era mayor que Albert, tenía sólo un año menos que Mileva. Pero parecía más joven. Su piel y cabello claros suavizaban las arrugas, que en la cara de Mileva eran cada vez más perceptibles. De repente, a causa de Elsa, cobró una dolorosa conciencia de su aspecto, de su cojera y de sus vestidos grises de popelina a topos, abotonados hasta el cuello.

«Parezco una niñera vieja y estirada, de esas que asustan a los niños con su rigor y les cruzan la cara a bofetones. Si al menos pudiese sonreír despreocupadamente, hacer como si no sospechase nada. Mi ceño y mis labios fruncidos le dicen todo lo que tiene que saber de mí. Lo mismo que, seguro, ya le ha contado Albert: que soy una vieja decrépita y aburrida», pensó mientras la observaba.

Meneando las caderas, Elsa se dirigió hacia los niños. Caminaba como si la desafiase, como si quisiese recordarle que ella, Mileva, jamás de los jamases podría andar de forma tan seductora. Entonces Mileva hizo aquello que nunca había logrado dejar de hacer: miró sus zapatos. Eran finos, de tacón alto, hechos de piel clara y con una correa alrededor del tobillo. Mileva se había acostumbrado a observar el calzado de las mujeres ya en la escuela secundaria, durante los años en los que empezó a ser consciente de su cojera. Cada mes en la escuela se celebraba un baile. Fue sólo una vez porque la convenció Desanka, su compañera de pupitre. «Ya sabes que me cuesta bailar, apenas ando», se resistió. «Como mínimo disfrutarás de la música». Mileva tocaba muy bien el piano y la *tamburica*.[1] Pasó toda la velada sentada en una silla, sin que nadie la sacase a bailar. Ya sabía que iba a ocurrir eso, pero aun así tenía la esperanza de que alguien la sacase no por pena, sino por cortesía. Pero quizá los chicos tenían miedo de que sus compañeros se burlasen.

«Cuando eras pequeña, bailabas como un pajarillo herido», le recordó una vez su padre. Nunca había olvidado esa comparación. Un vez vio a un pajarillo así, un pequeño gorrión al que un gato había atacado. Daba saltitos impotentes por el jardín con una sola pata, atemorizado y torpe. Al cogerlo en sus manos, Mileva sintió su corazoncillo inquieto acelerarse como si se fuese a echar a volar. Por eso cuando su padre la comparó con un pajarillo herido se acordó del gorrión y esa imagen se le quedó grabada en la mente junto a sus palabras. Aunque Miloš lo había dicho con buena intención, esa noche en el baile entendió que la veía con los mismos ojos que los chicos de la escuela: como un pajarillo herido, es decir, como una chica defectuosa que no puede bailar. Deseó que su padre jamás hubiese dicho eso. Hubiese querido decirle: «Pero bailaba. ¡A pesar de todo, bailaba!». Y estaba segura de que también hubiese bailado esa noche si algún chico hubiese tenido la valentía de acercársele. Con el tiempo se acostumbró a evitar las situaciones en las que su cojera podía afectarla y en los bailes solía tocar algún instrumento, pero el comentario de su padre dejó una cicatriz.

Ese día, Elsa acercó a Tete a su pecho y le besó la frente sudorosa. ¡Como si fuese su hijo! El pequeño, que siempre desconfía de quien no conoce, intentó escabullirse del abrazo.

1. Instrumento de cuerda tradicional de Voivodina, la región natal de Mileva Einstein. Pertenece a la familia de los laúdes. [N. del T.]

Hans Albert se comportó con corrección y estrechó la mano a «la tía Elsa», como la presentó Albert. Él estaba en el umbral del salón, todavía alterado, y disfrutaba del histrionismo con que Elsa trataba a sus pequeños. A Mileva, ni Albert ni Elsa le hacían caso alguno.

Fue entonces cuando supo que entre Albert y ella todo había acabado, que había desaparecido todo aquello que habían tenido alguna vez: la ternura, la comprensión y el apoyo mutuos. Para Albert y Elsa, Mileva ya era una sombra del pasado. Sintió que sobraba y se fue de la habitación.

El deseo de tener zapatos bonitos, en lugar de ortopédicos, le recordó a Mileva su vulnerabilidad. Los zapatos bonitos eran su sueño frustrado. Elsa se contoneaba por su piso berlinés mientras Albert la seguía con la mirada, como bajo hipnosis. La forma en que la observaba hacía que a Mileva se le revolviese el estómago. Estaba celosa, muy celosa. A medida que envejecía y se distanciaba de Albert, cada vez se sentía más insegura de su feminidad. La visita de Elsa y el comportamiento de Albert la alteraron más de lo que esperaba. Aunque, por su cojera, no podía rivalizar en físico con el resto de mujeres, estaba convencida de que lo compensaba con su intelecto y formación. Había conquistado a Albert por su inteligencia y no por su encanto femenino. «Estamos ya en el siglo XX, las mujeres estudian, trabajan y luchan por sus derechos. Hace pocos años que Marie Curie ha ganado el premio Nobel de Química ella sola, tras haberlo ganado ya una vez junto a su marido».

Mientras contemplaba a Elsa, Mileva dudó de que las mujeres pudiesen conseguir algo en la sociedad. Porque Albert, su esposo genial, se había enamorado de una mujer cuya mayor virtud era su aspecto, una mujer que pertenecía al mundo que él despreciaba y del que había huido a los dieciséis años.

«Quizá seguimos viviendo en el siglo XIX», pensó mientras seguía la mirada amorosa de Albert hacia Elsa. «Quizá las mujeres siguen siendo musas cuya tarea consiste en inspirar al genio». Antes, mientras estudiaba, creía que las mujeres de su generación –como ella y sus amigas– se habían librado del destino de Clara Schumann, que en la primera mitad del siglo xix había escrito en su diario: «Quiero componer, pero eso no es para mujeres». Era la pianista más conocida de su época y sólo hacia el final de su vida se atrevió a componer. A juzgar por la experiencia de Mileva, parece que la física tampoco era para mujeres. O, como mínimo, para ella.

Mileva estaba celosa, aunque era consciente de que no se lo podía permitir. Para una mujer mantenida, los celos son un lujo. Porque, si contemplaba su situación sin dejarse llevar por las emociones, desde el punto de vista financiero dependía por completo de Albert. Con las clases de matemáticas y piano que impartía a estudiantes en Zúrich no le habría bastado para vivir. Ahora no podría sostenerse a sí misma y mucho menos a dos niños. Por eso, aunque ahora le parece imposible, ayer, a través de Haber, había aceptado las Condiciones.

«Sí, Albert, acepto tus condiciones».

Lo primero que pensó fue que lo hacía por los niños. Es más, pensó que se sacrificaba por los niños, lo cual sólo era verdad hasta cierto punto.

«¿Qué más te podría haber respondido? Me abrumó el miedo, un miedo que jamás había sentido hasta ahora. Sola, sin niños, sin trabajo, sin ingresos... ¿De qué íbamos a vivir? Mi autoestima se disolvió. Mi orgullo era sólo una máscara. A mis propios ojos, caí al nivel de un mendigo. Haber te hizo llegar mi respuesta y tú has seguido exigiendo. Está bien que lo hayas hecho, Albert. Porque eso me ha salvado. En el tiempo que pasó entre tus dos cartas, la segunda incluso más cruel que la primera, me rehíce, como si me hubiese despertado. O como si dentro de mí se hubiese despertado ese ser desafiante que conociste hace mucho tiempo. No puedo vivir como tu criada después de haber tenido una relación de igualdad, aunque durase poco. Sé que ya no soy la misma persona y –eso puedo reconocerlo– que ya no merezco tu atención de la misma manera. Pero exijo un respeto. Está claro que tu obligación es seguir manteniéndonos. Me voy con los niños, no te doy el divorcio y tú redacta con Haber una propuesta sobre cómo nos vas a mantener».

Finalmente se abren las puertas de la cocina y aparece Clara en batín. «¿Cuánto tiempo llevas aquí sentada?», pregunta. «No podía dormir», le dice Mileva. «¿Por qué no me has despertado? Estoy aquí para ayudarte». Mileva sonríe por primera vez durante mucho tiempo. «Hay gente a la que le importo», piensa, «que se esfuerza por echarme una mano». «Estoy mejor, de verdad». Se levanta para hacerle un té a Clara.

Los preparativos del viaje han durado unos diez días. Mileva ha estado ocupada haciendo las maletas y organizándolo todo. Maja, la hermana de Albert, vino a buscar a los niños para llevárselos de excursión al barrio de Wannsee y al zoológico. Albert también fue con ellos. Tete le dijo a Mileva que a su padre le daba pena que se fuesen, pero que prometió ir a buscarlos pronto. Enseguida le corrigió Hans Albert, siempre amante de la precisión. «Mamá, dijo que iría a visitarnos, no a buscarnos». Mileva no quería ponerles las cosas más difíciles. «Claro que vendrá», les dijo. Estaba convencida de que Albert lo iba a pasar mal sin sus hijos y de que les intentaría visitar con la mayor frecuencia posible.

Esperaba que llegase de Trieste su amigo común Michele Besso. Cuando Albert le escribió contándole que Mileva regresaría con los niños a Zúrich, Besso se ofreció para ayudarla y acompañarles. Ella se sintió aliviada, porque le resultaría más fácil eso que viajar sola con sus hijos. Además, a Besso no tenía que explicarle muchos detalles sobre lo ocurrido. Si Mileva volvía de Berlín dejando atrás a Albert, significaba que el asunto iba más allá de una simple pelea. Conocía a ambos desde hacía tiempo y sabía que Albert era capaz de tomar decisiones precipitadas y bruscas. También que ella podía llegar a desquiciarlo con su hosquedad enfermiza. Mileva consiguió que la señora Hurwitz le enviase la dirección de la pensión y organizó la marcha. Compró los billetes de tren e hizo las maletas. Los pormenores se los comunicó a Albert por escrito. Eso, claro, significaba que no tenía ninguna intención de vivir con él, sobre todo bajo las condiciones que había intentado imponerle. Tendría que hacerse cargo de que, para ella, era más importante hacerse cargo de los niños que de su ropa sucia.

Cuando recibió su respuesta definitiva, en la que se negaba a aceptar las Condiciones y le anunciaba su marcha de Berlín, Albert le envió una lista de las cosas que se podía llevar de vuelta a Zúrich.

«¡Mira!», le dijo Mileva a Clara enseñándole la lista. «Me permite llevarme la vajilla que me traje de mi casa en Novi Sad. ¡La vajilla que me regalaron mis padres! Y el armario y las camas de roble que mi padre mandó hacer. Todo eso es mío, igual que el juego de cama, las cortinas y los manteles. ¡Y se cree que necesito su permiso! Sólo me intenta humillar y empobrecer aún más, pero ya no puede».

La mezquindad con la que Albert había elaborado la lista la había sorprendido un poco, pero decidió que no valía la pena seguirse dejando provocar. Una vez tomada la decisión de dejarle, ponerse de acuerdo sobre esas minucias era un asunto técnico. Sólo tenía que hacer caso omiso de sus intenciones de ofenderla todavía más.

Su último encuentro con Albert se organizó en el piso de los Haber. Ni por un momento hizo nada para evitar que ella se fuese. Apareció el miércoles por la tarde, un día antes de su partida. Por primera vez, Mileva lo observaba con distancia. No como a un absoluto extraño, sino como a alguien a quien cada vez conocía menos. La verdad es que, mientras se preparaba para irse de Berlín, realmente tenía la sensación de que Albert ya no era la persona con quien había vivido. Se comportaba con una distancia formal. Ambos parecían dos desconocidos que habían ido a firmar un contrato en una notaría.

No estaban solos. Fritz había mediado en la negociación acerca de los detalles prácticos, sobre todo de la futura vida de Mileva y los niños. Ambos ocultaban sus emociones. Albert, el alivio; Mileva, el estremecimiento y la decepción.

Firmó el documento que le trajo Albert, mediante el cual aceptaba la suma que él les iba a enviar para mantenerles. A cambio, exigió que, cuando los niños fuesen a visitarle, no viesen a los padres de él. Lo hacía por Paulina y, sobre todo, por Elsa. Los 5.600 marcos mensuales que iba a recibir eran demasiado poco para Mileva y sus hijos, pero suponían la mitad del sueldo de Albert. Aceptó. Mientras firmaba el contrato con la pensión alimenticia, pensó: «¿Y qué ocurrirá ahora con tus Condiciones, Albert?».

Ni él ni ella pronunciaron la palabra «divorcio».

Mileva continuaba sintiéndose escindida entre el desprecio y la lealtad. Esperaba que, antes de su última noche en Berlín, Albert visitase de nuevo a los niños para despedirse. Mileva se sentó con ellos, jugaron a los naipes y se quedaron despiertos hasta las tantas por la excitación de volver a Zúrich. En un momento dado, Besso volvió de casa de Albert. Estaba taciturno y a Mileva le pareció que tenía miedo de que le preguntase por él. Pero ella, más que tener curiosidad, estaba triste. «Parte de mi pasado termina en Berlín», pensaba al colocar la ropa y los juguetes de los niños en un baúl de viaje. «Y, aunque siguiésemos juntos, ya nada será lo mismo».

A sus ojos, Albert había terminado de convertirse en un hombre cualquiera, débil y merecedor de desprecio como tantos otros. Y eso también la apenaba. Se detuvo un momento indecisa, con el osito de peluche de Tete en las manos. Luego lo metió en el baúl con el resto de juguetes y cerró la tapa.

En la estación de tren, mientras los mozos cargan su equipaje, Albert da a Mileva una cámara fotográfica. «Por favor, retrata a los niños y envíame las fotografías», le pide. Mileva asiente con la cabeza: «Claro, te las enviaré». Albert da las gracias a Besso por su gentileza ayudando a resolver lo que define como «esta situación inesperada». «No tan inesperada, lo sabes bien», piensa Mileva, pero se calla. Se han acabado los reproches. En adelante, sus cartas y conversaciones serán formales y se limitarán a dos temas: el dinero y los niños. Mileva ya ha calculado que la suma asignada por Albert no bastará para cubrir sus necesidades y que ella deberá dar clases particulares de matemáticas y piano. Haber también les ha acompañado a la estación porque insiste en resultar útil, pero sólo observa con gesto triste mientras los niños se suben al tren. Albert les acaricia durante largo tiempo. La última estampa que Mileva recuerda de Berlín es a Albert de pie en el andén, vestido con un traje blanco. Se va haciendo más pequeño mientras agita el sombrero para despedirse, hasta fundirse con el cielo gris.

Estamos a miércoles, 29 de julio. Ayer el Imperio austrohúngaro declaró la guerra a Serbia. En sus portadas, la prensa de ayer lleva negro sobre blanco la noticia que adelantó el periódico *Wiener Zeitung*: «¡Se ha declarado la guerra a Serbia!». «Qué coincidencia desgraciada», se dice Mileva. De repente se ha encontrado en mitad de dos guerras: una privada con Albert y esta otra, sangrienta y mortífera. Ambas son espantosas. Se remueve en el asiento del vagón. ¿Qué les espera? ¿Encontrará fuerzas para afrontar sola este cambio en su vida y los horrores que anuncian ambas declaraciones de guerra?

Nada más salir el tren con destino a Zúrich, los niños se han quedado dormidos. Tete, con la cabeza apoyada en el regazo de Mileva; Hans Albert, sentado enfrente, tras dejar el libro que estaba leyendo en el asiento vacío junto a él. Parece fatigado y tiene la cara pálida. Entiende más de lo que convendría. A Mileva le ha emocionado ver cómo ayudaba a Besso pasándole el equipaje. «Ahora él es mi protector», piensa observando sus hombros estrechos, sus manos delicadas y sus rodillas huesudas que asoman por debajo de los pantalones cortos. Michele Besso lee las noticias, pero a él también se le cierran los ojos. Mileva concluye que es mejor fingir que también duerme.

Sabe que no tiene derecho a desesperarse. No está sola, de ninguna manera. Tiene a sus dos hijos. Los mantendrá de alguna forma. Vencerá a su enfermedad. Sabe que debe hacerlo, por los niños.

En el tren

1914

Mileva abre los ojos. Debe haberse quedado dormida. El vagón continúa en silencio. Tanto los niños como Besso están agotados. Le duelen los tobillos y la cadera, a duras penas ha logrado subirse al tren. Como mínimo ahora está en calma, triste pero serena. A diferencia de lo que ocurría en Berlín, al menos en Zúrich vivirá en una ciudad que le es familiar, rodeada de amigos y gente que la conoce.

Debe reconocerse que su situación resulta bastante incómoda, aunque sea ella misma quien la ha elegido. Vuelve a Zúrich con sus dos hijos, pero no a su apartamento, sino a una casa de huéspedes junto a la estación. No tiene trabajo ni dinero y depende por completo de su marido, que acaba de despedirse de ella, probablemente sin ver el momento de que su tren se esfumase en el horizonte.

Lo ocurrido en Berlín no ha sido el inicio, sino la culminación de todos sus problemas. Desde que Mileva dio a luz a Lieserl es como si sus vidas hubiesen ido en direcciones contrarias. El motivo fue la decisión que tomó Mileva de criar a su primera hija. En realidad fue una decisión de ambos, sólo que Albert era demasiado joven y no tenía ni idea de las consecuencias que eso implicaba. Estaban sentados en la pequeña estancia que Mileva tenía en la buhardilla de la pensión. Albert venía de la calle y todavía resoplaba tras haber subido tres plantas. «Es tarde, Mica, vamos a terminar con este problema. Mañana a las ocho tengo que estar en el laboratorio», la apremió mientras sacaba de su bolsa unas notas y las extendía sobre la mesa. Mileva, de pie, esperaba a que se callase. De pronto, Albert vio sobre la mesa un jarrón con un ramo de rosas frescas. Las había comprado Mileva en un mercado cercano porque le recordaban a su jardín de Kać. «¿Hay algo que celebrar?». «No lo sé, Albert. Tenemos que verlo», le dijo ella con tono enigmático mientras sonreía. Él estaba confundido por el misterioso comportamiento de Mileva y ya se disponía a soltarle una de sus bromas cuando ella le puso el índice en los labios, cogió su mano y la colocó sobre su barriga. Se acuerda de su expresión de sorpresa. Tardó un momento en comprender y luego la acercó a él con ternura, como si tuviese miedo de que incluso el más pequeño contacto pudiese lastimarla. «Me acuerdo, me sentía tan segura entre sus brazos. Como si nunca más me pudiese suceder nada malo. Su presencia me protegía de la soledad y los miedos. Albert era mi escudo mágico contra el mundo. En ese momento pensé que éramos inseparables, que cada uno era todo lo que podía necesitar el otro y que siempre sería así».

En el tren está oscuro y sólo se oye el traqueteo de los vagones. A veces la luz de la luna ilumina los rostros dormidos a su alrededor, pálidos como si fuesen de otro mundo. Pensativa, Mileva alisa el asiento de felpa como si quisiese convencerse de que realmente está en un tren, con los niños.

Siente que aún no está presente del todo, que permanece suspendida en algún lugar entre ellos y Albert. ¿Se sentirá tan escindida a partir de ahora?

No puede echarle a él toda la culpa de la separación. No sólo Albert ha cambiado, quizá ella ha cambiado incluso más. No se trata sólo de que haya envejecido tanto que apenas se reconoce en el espejo, sino que además sufre ataques de ansiedad y cada vez se encuentra peor. En los últimos diez años, en realidad desde la muerte de Lieserl, tiene la sensación de que apenas está viva. De que nadie la escucha. De que Albert no cuida de ella.

¿Acaso él piensa alguna vez en Lieserl? ¿El hecho de que él tuviese sólo veintidós años cuando ella nació justifica todo lo que ocurriría luego? ¿Alguna vez se había preguntado cómo se había sentido Mileva a principios de otoño de 1902, cuando volvió a Zúrich sin su bebé? Lieserl ya reconocía a quienes la rodeaban. «Albert, se parece a ti. Y se ríe como tú», le dijo cuando él fue a recogerla en la estación de tren. «No te preocupes, pronto iremos a buscarla. Sólo tengo que encontrar trabajo. Hasta entonces, tenemos que guardar el secreto. Tú misma sabes cuántas recomendaciones he pedido a mis profesores, a todos mis conocidos. Y cuántos no me han hecho caso. ¡Sólo faltaría que se enterasen de que tenemos una hija sin estar casados! Entonces ninguno de esos pequeñoburgueses me escribiría una recomendación. Sé paciente. En cuanto consiga un trabajo, nos casaremos y Lieserl podrá estar con nosotros», la consolaba.

Esa noche de otoño, la calle olía a lluvia. Albert le agarraba con fuerza la mano.

En el duermevela, Mileva se ve a sí misma frente al espejo en su habitación de Kać en aquel otoño primerizo de 1902, antes de volver a Zúrich. Durante los últimos meses de gestación el cuerpo se le había vuelto pesado. Apenas era capaz de moverse por la casa y cojeaba más de lo habitual. Había estado sin ir al pueblo para ocultar el embarazo a los chismosos. Pero, ocho meses después del parto, la barriga se le había desinflado y volvía a ir de aquí para allá con desenvoltura. Por eso se atrevió a ponerse la misma falda que el verano anterior.

La abotonó con parsimonia y luego dio una vuelta sobre sí misma. Sí, esta falda de raso con cintura alta le quedaba bien. Le resaltaba las caderas y los senos, que parecían haber crecido tras el parto. Pero le apretaba un poco. Sentía envidia de su hermana, que se vestía como una campesina. A Zorka le daban igual las modas y las costumbres, porque de todas formas evitaba tratar con desconocidos.

Se colocó bien el cuello de encaje de la blusa. Estaba demasiado almidonado, tendría que decirle a Julka que en el último lavado pusiese menos almidón. Pero a su madre le gustaba que todo estuviese bien almidonado: la ropa, los manteles, las fundas de las almohadas... y las sábanas, que, cuando por la noche se metía en la cama, crujían como si fuesen de papel. ¿Estaba en su casa favorita, donde encontraba la paz? Ya no lo tenía tan claro. Era como si estuviese dividida entre Kać y Zúrich. Ya no pertenecía del todo a ese lugar, no podía volver a la infancia. Sentarse en lo alto de la torre de madera y leer, estar sola, refugiarse en su mundo. Ahora ni estaba sola ni tenía mundo propio. Albert lo había transformado todo y ahora acababa de llegar Lieserl.

Se miraba al espejo examinándose. Era tirando a baja, de piel oscura, con las cejas salidas y un cabello negro despeinado que aún no se había recogido en un moño con alfileres. Le daba la impresión de haber rejuvenecido un poco, como si con la barriga se hubiesen marchado sus años y ahora no tuviese veintiséis, sino veintidós. Pronto se iría, volvería a Albert y a sus estudios. «Pues no tengo peor aspecto que Helena, Ružica o Milena», se dice. Desde tiempo antes había aceptado que no era una belleza de revista, una mujer del gran mundo como esas damas suizas que van de compras a las tiendas elegantes del centro de la ciudad. Pero al mismo tiempo había crecido con la convicción de que, para ella, lo más importante no era el aspecto físico, sino lo que llevaba dentro: el amor por la música, las matemáticas y una curiosidad insaciable. Su relación con Albert sólo era una confirmación de todo esto. En Zúrich él estaba rodeado de chicas guapas, pero sólo ella estudiaba en la Politécnica como él. Mileva estaba convencida de tener conocimientos, inquietudes y también capacidad de análisis, y de que eso la diferenciaba de sus amigas. Notaba que el resto de sus compañeros de estudios también la consideraban interesante y tenían en cuenta su opinión.

Se echó sobre la cama con los brazos y las piernas extendidos, como hacía antes, cuando, de pequeña, junto a su hermana Zorka se tiraba de espaldas sobre la primera nieve del invierno, recién caída en el patio. La silueta de su cuerpo quedaba perfilada en la nieve hasta que no la rellenaban nuevos copos.

Mileva sabía que el espejo no mostraba aquello que, además del interés y el talento científicos, la distinguía de sus compañeras de pensión durante los estudios. Se había dado la vuelta frente al espejo con cierta agilidad, como si ejecutase un paso de baile, pero sólo era porque llevaba zapatos nuevos. Su padre le había encargado un nuevo calzado ortopédico al zapatero de Novi Sad que se los fabricaba desde pequeña. Había recibido el regalo justo ayer. «Para el viaje, así estarás cómoda». Quizá, de esta manera, Miloš le quería demostrar que apoyaba su decisión de dejarles a Lieserl y darle a entender que era consciente de hasta qué punto se le hacía cuesta arriba. «¡Ahora también puedes bailar!», le había dicho Zorka. La cogió de la mano y la hizo girar sobre sí misma. Zorka también cojeaba, de hecho más que su hermana mayor. Incluso su madre se puso de pie y las tres se cogieron de la mano. ¡Qué bonito ver a sus niñas bailar! Cuando Mileva miró de reojo hacia su padre, le pareció ver lágrimas en sus ojos.

De golpe, se soltó de su madre y su hermana para ir renqueando hasta su habitación. No, nunca sería como las demás. Jamás iba a bailar como sus amigas. ¿Por qué lo intentaba siquiera? También por eso debía volver a Zúrich. Estudiar y licenciarse eran la única forma que tenía de escapar de esa situación. Sus padres se habían preocupado tanto por ella, habían hecho posible que terminase el instituto, la habían enviado a estudiar a Suiza. «Ha ocurrido justo lo que más temían», piensa tumbada en la cama. «Les he avergonzado. He vuelto embarazada sin casarme. Y sin título universitario».

Al visitar a sus padres el verano anterior no les había reconocido enseguida que estaba embarazada, porque no logró reunir la valentía suficiente para abordar ese tema nada más llegar de viaje. Aún podía esconder su barriga poniéndose vestidos un poco más anchos. Cuando finalmente le contó a su padre Miloš que estaba esperando un bebé, lo primero que hizo él fue sentarse. Luego la miró esperando que se lo repitiese, como si la primera vez no lo hubiese oído bien.

«¿De verdad, Mica? No me habías dicho nada por escrito».

«Pero, padre...», empezó a decir ella, pero él simplemente levantó la mano.

Se le quedó grabada en la memoria la tristeza de su voz, como si le acabasen de comunicar que su hija favorita había muerto. Tardó días en recuperarse del impacto.

«Bastardos, así llaman en Novi Sad a los niños nacidos fuera del matrimonio. Nuestra Lieserl, querido Albert, era una bastarda cualquiera. Como esos recién nacidos a quienes sus madres abandonan de noche frente a la iglesia. Y esto ocurrió en la casa bienestante y respetable de Miloš Marić». Sus padres lo hicieron todo para ocultar su embarazo. Enviaron a Mileva y la niña a su casa de Kać, en la que no entró ninguno de sus amigos y vecinos. Su embarazo sólo lo conocían Julka y los trabajadores de la propiedad. Miloš sabía cómo evitar que corriesen los rumores.

Se había tomado la decisión de que, tras dar a luz, Mileva dejaría a Lieserl con sus padres y estos la darían en adopción a una familia de confianza. Así lo había acordado Mileva con Albert y, aunque hubiese querido cambiar algo, era demasiado tarde. ¿Cómo podía oponerse ya a dar a la pequeña en adopción?

Mileva estaba segura de que, con esta decisión, había surgido la primera grieta entre ella y Albert. Ella esperaba que las circunstancias mejorarían cuando Albert encontrase trabajo y que su padre no pondría en marcha enseguida el proceso de adopción.

Ahora, tumbada en su viejo lecho de juventud, pensaba en que regresaría a Zúrich sin la niña. ¿Cómo iba a dejarla atrás? No podía soportar la idea de que, una vez se fuese, Lieserl desaparecería de su vida. Sólo quería girarse sobre un costado y dormir. No quería moverse, ni mucho menos viajar. Y, al mismo tiempo, deseaba escapar de todo. Se volvió hacia la pared. En el duermevela le parecía que iba a bordo de una barquita. En la orilla estaban sus padres, Albert, Zorka, sus amigos... No la veían, sus voces no llegaban hasta donde ella estaba. Mileva les hacía señas una y otra vez hasta desplomarse. Entonces se daba cuenta de que estaba sola, con una niña en brazos. La barquita se iba adentrando en la niebla...

Evitaba hablar del tema con su padre. ¿Qué le iba a decir? «Padre, no he tenido fuerza, no he logrado olvidar a Lieserl. Estaba entre ella y Albert, entre Novi Sad y Zúrich. Me hacían falta ambos. Ha sido demasiado para su pequeña».

Del adormecimiento la despertó la voz de Lieserl. Mientras se agitaba, Mileva la contemplaba con los ojos llenos de lágrimas. A sus ocho meses ya la reconocía, sonreía y movía las manitas cuando Mileva se le acercaba. Tan pequeña y ya sabía que la iba a coger en brazos, caminaría sosteniéndola y le cantaría hasta que se durmiese. No era una niña llorona y podía pasar horas en su cunita aunque estuviese despierta. Los padres de Mileva no le habían dejado tener la cuna en su habitación. De hecho, su padre insistió en que lo mejor era que la familia que iba a adoptar a Lieserl se la llevase justo después del parto, pero Mileva logró convencerle para que el bebé estuviese en su casa hasta su vuelta a Zúrich. «Sólo conseguirás que te sea más difícil separarte de ella», le respondió su padre. La propia Mileva ya lo sabía. Ahora Lieserl dormía con una sirvienta que le daba el pecho, para que no se acostumbrase a ella.

«Pero yo quiero volver a buscarla, padre. Volveré enseguida, en cuanto Albert consiga un trabajo. Por favor, no la saques ya de casa, espera a que te diga cómo va la búsqueda de empleo». Su padre negó con la cabeza, preso de una tristeza infinita, Mileva no sabía si por ella o por Lieserl. ¿Acaso dudaba de que el plan de Mileva se fuese a hacer realidad?

Esperaba que, mientras ella todavía estaba en casa de sus padres, Albert le diría que había encontrado un trabajo. Se casarían enseguida y se registrarían como padres del bebé. La única forma que tenía de aceptar la cruel decisión que se había tomado era guardar la esperanza de que pronto, en cuanto se arreglasen las cosas, volvería a buscar a Lieserl. Creía que la decisión no era definitiva y que Miloš cedería ante sus ruegos. Su padre y, sobre todo, su madre, sabían hasta qué punto estaba desesperada.

«No está todo perdido, pequeña mía, mamá pronto volverá a por ti», le dijo a Lieserl mientras la acunaba. La palabra «mamá» le sonaba extraña. Aún no se había acostumbrado a la idea de ser madre.

Mileva sabía que, para su padre, que Albert y ella hubiesen tenido un hijo sin casarse había supuesto un golpe para el que no estaba preparado. Pese a ello, no le había prohibido que volviese a Suiza ni iba a dejar de correr con sus gastos. Al contrario, le había dado una segunda oportunidad para licenciarse. En cierto modo, Mileva estaba orgullosa de él: era más abierto que muchos, incluidos los padres de Albert. Miloš la había apoyado desde que dio sus primeros pasos, desde que comprendió que su Mica no iba a ser una chica como las demás, que ella no iba a formar un hogar con marido e hijos. En su región, las chicas como Mileva solían quedarse con sus padres, los cuidaban tanto a ellos como a los hijos de sus hermanos o hermanas y se encargaban de mantener la casa y la hacienda. No obstante, cuando su padre vio que Mileva era buena alumna y tenía sed de conocimiento, que no dejaba de sacar notas brillantes, que leía mucho y tocaba el piano, decidió que su hija merecía estudiar. En aquella época había pocas mujeres universitarias, pero Mileva sacaba las mejores calificaciones en todas las asignaturas, no sólo en matemáticas, y a Miloš eso le facilitó la decisión.

«Desde que empecé a andar, mi padre sabía la vida que me esperaba aquí si me quedaba. Por eso me envío a Zúrich para que estudiase, lejos de este entorno en el que las mujeres como yo valemos menos. Una coja como yo no podía aspirar al matrimonio, apenas a la soledad y a cuidar de sus padres. La única manera que tenía de ayudarme era darme una formación».

Mileva seguía inmóvil, tumbada en la cama. La primera vez que oyó la palabra «coja» fue cuando empezó la escuela en la localidad de Ruma. Tenía siete años. Los niños la empezaron a llamar «Mica la coja» y ella huyó tan rápido como fue capaz; no corriendo, porque no podía, sino con un renquear acelerado. Tropezó y cayó en el camino lleno de polvo. El primer puntapié fue en la espalda. Luego recibió una lluvia de patadas, la tiraron del pelo, le hicieron trizas el vestido y terminó con los labios cubiertos de sangre. La mayoría de alumnos iban descalzos, así que los puntapiés le dolieron poco. Lo que le dolió fueron sus palabras, su odio, que Mileva no lograba comprender. No lloró ni gritó delante de ellos. Sólo rompió a llorar en casa, al quitarse el vestido con las huellas de sus pies sucios. Sabía que era distinta a los demás niños porque sacaba las mejores notas. Al principio pensaba que le daban palizas porque era mejor estudiante que los demás. Luego la terrible palabra «coja» le descubrió el verdadero motivo. Les daban igual las notas. A sus ojos, Mileva era peor que ellos porque era distinta, porque era una inválida. Cuando le contó a su padre lo que había ocurrido, Miloš empalideció y apretó los puños. Desde entonces, Mileva se marchaba a toda prisa de la escuela a su casa y su padre enviaba a algún trabajador de la granja a recogerla a la salida.

Cada vez que piensa en su padre, a Mileva la invade el remordimiento de conciencia. A ojos de él, sólo un título universitario la podía salvar. Creía en ella, así que Mileva sintió su regreso de Novi Sad a Zúrich como una doble derrota. Igual que Albert había defraudado sus expectativas, ella había defraudado las de su padre.

Albert no se hubiese atrevido a dictarle condiciones para la vida en común si hubiese sido una mujer independiente, con ingresos propios. Ser independiente era el motivo por el que había estudiado en la Politécnica. Mileva se pregunta, por enésima vez, cómo sería su vida si hubiese llegado a licenciarse.

Un título universitario le hubiese cambiado la vida, porque hubiese podido elegir.

Y, aunque hubiese elegido la misma vida, habría sido por decisión propia y no porque alguien la hubiese forzado. Cuando una mujer tiene una profesión dispone también de la posibilidad de ganar dinero e independizarse de su marido o de su padre. Nunca hubiese pensado que quedaría recluida en el hogar, como un ama de casa o una gobernanta. Y ahora, por la situación en la que se encuentra, parece que hubiese estudiado en la escuela de sus labores, en lugar de matemáticas y física en una universidad exigente como la Politécnica. Ni siquiera su madre es un ama de casa como Albert pretende hacer de Mileva, porque tiene una sirvienta que cocina, lava y limpia el hogar. Desde que empezó a ir a la escuela, Mileva fue la mejor alumna en matemáticas dondequiera que estudió. En el Instituto Real de Zagreb obtuvo un permiso especial del Ministerio para asistir a las clases de física, algo vedado a las mujeres. Sus profesores afirmaban que poseía un talento excepcional. ¿Acaso si no fuese así su padre hubiese gastado tanto dinero en mandarla a estudiar a Suiza? Podría habérselo gastado en cambiar el techo del establo o en comprar caballos nuevos, pero no, invirtió en la formación de su hija, su pequeña cerebrita coja. Se preocupaba por ella y sabía que, para una chica con un defecto de nacimiento y esa capacidad intelectual, la mejor solución era que fuese independiente.

Pero Mileva no aprovechó la oportunidad que le había dado su padre. En realidad, su historia se reduce a eso, cabe en dos frases. Ahora, cuando ya todo se ha consumado, sólo le queda pensar sobre por qué las cosas han ido así. Sin embargo, eso no va a aliviar su sensación de derrota, ni la tristeza de su padre porque Mileva le ha decepcionado. Quizá si se vuelve a dormir, si duerme profundamente, cuando se despierte todo será distinto. Ya no será coja. Ya no estará sola. Así soñaba cuando era pequeña. Y también cuando dejó atrás a Lieserl.

Mileva abre los ojos. El vagón está en silencio. Los niños duermen y Michele, con la cabeza inclinada, emite suaves ronquidos.

Cuando aquel otoño volvió a Zúrich sin su bebé, nada salió como esperaba. La decisión final sobre dar a Lieserl en adopción dependía de si Albert encontraba o no trabajo. Había terminado la carrera, pero estaba sin empleo y bastante desorientado. Como en su época de estudiante, a veces ayudaba a su tío, daba clases particulares de física e impartía docencia cuando le surgía la ocasión. En aquel momento las únicas opciones eran que Lieserl se quedase con la familia de Mileva o que otra familia la adoptase: ¡sólo faltaría que, en pleno intento de entrar en la universidad, entre los profesores corriese la voz de que había tenido una hija sin estar casado! De todas formas, las probabilidades de que le contratasen en la universidad eran escasas. Los docentes de la Politécnica, en especial el profesor Weber, no le tenían aprecio. Todos los licenciados de su curso habían encontrado trabajo, sólo a él le estaba siendo difícil. Tenía ideas extrañas, teorías provocadoras y una tendencia a contar chistes, ir a fiestas y criticar a los demás... ¿quién iba a contratarlo como asistente? El profesor Minkowski se lo dijo con claridad: «Usted es brillante, Einstein, pero no acepta la más mínima objeción».

Albert era un desempleado ambicioso, insatisfecho y de personalidad incómoda. Pero Mileva no contaba con que, además, fuese inmaduro en lo emocional. Pronto dejó de mentar a Lieserl. Al principio, Mileva pensaba que así era mejor, no fuese que la mencionase sin querer cuando estaban con otras personas. Pero ahora ni siquiera se refería a ella cuando se quedaban solos. No preguntaba a Mileva qué le escribía Miloš: «¿Hay novedades? ¿Cómo crece la pequeña? ¿Ya ha empezado a hablar?». Las preguntas corrientes que los padres hacen sobre sus hijos. Mileva le leía fragmentos de las cartas enviadas por su padre y Albert escuchaba distraído, sin interés. O al menos eso le parecía a ella. A veces se preguntaba si ese desinterés era una señal de que había renunciado a Lieserl.

En aquel tiempo, a Mileva su padre tampoco le resultaba de gran ayuda. Como si él también hubiese hecho voto de silencio, en sus cartas hablaba cada vez menos de la niña y, cuando lo hacía, se limitaba a decir «va progresando», «está sana», «está alegre», «empieza a andar»... ¿Quizá su padre ya dudaba de que Mileva fuese a buscar a Lieserl? ¿Consideraba que, teniendo en cuenta la situación de ella y Albert, criar a una hija era demasiada carga? Miloš aún no había conocido a Albert. Quizá no confiaba en él por su juventud, y también porque todavía no se había casado con su hija.

Posiblemente Mileva alimentó durante demasiado tiempo la esperanza de que Albert pronto encontraría un trabajo, se casarían y traerían a Lieserl. A medida que pasaban los meses desde su vuelta de Novi Sad, la empezó a atormentar el miedo de no ver nunca más a su niña. Ese invierno fue largo y muy frío. Se encerró en sí misma, sin participar en las tertulias tras los conciertos. Prefería quedarse en la cama. Le bastaba ver a una mujer empujando un cochecito de bebé para ponerse triste.

Algo le estaba ocurriendo y Mileva no sabía qué. Sólo sentía que se estaba sumiendo en la desesperación.

Le parecía que, después de tener a Ljubica –sus padres eligieron este nombre ortodoxo para bautizar a Lieserl– en su vida ya nada había sido igual. Ni siquiera su cuerpo era el mismo. Aunque había recuperado su esbeltez anterior al embarazo, ya no era activa ni rebosaba de energía como antes. Tras la vuelta a Zúrich, su cuerpo no se había vuelto ligero, sino pesado como el plomo. Era como si estuviese encadenada a la cama, como si una fuerza la atrajese hacia la tierra. Jamás se había sentido así. Se ahogaba. Esta nueva sensación de peso la dejaba indefensa físicamente.

La pregunta que se ha hecho incontables veces sigue sin respuesta: ¿por qué la abandonó? «En realidad, jamás he hablado con Albert sobre por qué no fuimos a buscar a Lieserl una vez él consiguió un trabajo en la Oficina de Patentes de Berna. O cuando nos casamos enseguida, en enero de 1903. Cuando le decía a Albert "¿Por qué la he abandonado?", él respondía: "Porque era lo único que podías hacer. Ahora yo te necesito más que ella. Te necesito, Mica". Trabajaba en su doctorado, pero cuando escribió al profesor Alfred Kleiner con una propuesta de tema para la tesis, este le rechazó. Albert quedó abatido. Era verdad que necesitaba mi ayuda. No se quejaba, pero yo veía que lo estaba pasando muy mal».

La primera vez que intentó licenciarse fue en 1900, cuando lo hizo Albert. Se presentó al examen hundida porque había descubierto que los padres de él no aprobaban su relación. Después de eso tuvo graves problemas para concentrarse. Se olvidaba de los textos que leía nada más acabarlos y tenía que volver a empezar. «Sólo estás distraída, es normal», la consolaba su amiga Ružica, a quien se lamentaba. Pero Mileva sabía que era más que una simple distracción. El rechazo de la familia de Albert la afectó profundamente. Estaba taciturna y la atormentaba el insomnio. Por las noches, escuchaba la respiración de Albert, el rumor de la lluvia, observaba las franjas de luz en el techo y la inundaba una tristeza invencible. Le parecía que nada tenía sentido, ni siquiera levantarse de la cama. La noche anterior al primer examen fue una de esas. Pero, como mínimo, tenía una justificación por no haber aprobado. Antes que ella, en esa universidad sólo se habían matriculado cinco mujeres; de estas, sólo una se había licenciado y luego doctorado.

«Esta excusa la he encontrado *a posteriori*», piensa Mileva.

Albert sí se licenció. Ella debía intentarlo otra vez pero, cuando volvió a presentarse al examen, ya estaba embarazada y sufría náuseas. Tenía que esconderlo de todo el mundo, en particular de los profesores. Ese día en concreto se encontraba mal. Estaba preocupada y nerviosa. Las ventanas de la sala de exámenes estaban abiertas de par en par y entraba el calor de la primavera. Mileva empezó a mirar las copas verdes de los álamos y se animó. Sabía que sólo iba a poder responder correctamente a las preguntas si lograba concentrarse, si no volvía el dolor de cabeza. Cuando se dirigía hacia el edificio de la universidad había sentido un pinchazo en el occipital, pero decidió que lo mejor era no hacer caso alguno.

Sentada frente el tribunal que presidía el profesor Weber –quien ya había aceptado su trabajo de fin de carrera junto a la tesis doctoral, según el sistema de la época–, la asaltó un dolor de cabeza tan agudo que sintió que iba a desmayarse. Cerró los ojos. Los rayos de sol que se filtraban entre las hojas verdes de los árboles se habían abierto camino hasta sus ojos y su cerebro, se transformaban en afiladas agujas que entraban su cráneo por la frente y salían por el occipital. Tenía que detenerlas. Pidió permiso para abandonar la sala. Todos la miraron como si no pudiesen creer que alguien fuese a salir del examen. Uno de los miembros del tribunal, el profesor Fiedler, quien tenía una aversión particular hacia las mujeres, enarcó las cejas cuando ella se levantó para dirigirse hacia la puerta.

«Señorita Marić, ¿se encuentra bien?». Mileva asintió con la cabeza y se apresuró a salir o, más bien, huyó de la sala de exámenes entre silencio y miradas de perplejidad. La expresión burlona de los presentes, parecida a la de los alumnos del instituto de Zagreb, sólo hizo aumentar su aprensión. El corazón le palpitaba y la cabeza le daba vueltas.

En el pasillo oscuro, enseguida se sintió mejor. Vomitó en el lavabo y se refrescó con agua fría. Estaba tentada de no volver al examen, de salir del edificio, meterse en la cama y cubrirse de pies a cabeza hasta que el dolor se fuese. Pero volvió y resistió hasta el final. Respondió a todas las preguntas, aunque no estaba segura respecto a la teoría de las funciones, el campo de Fiedler.

Sabía que si esta vez no aprobaba para ella se había terminado estudiar.

Sentía una molestia insoportable, como si ya no fuese la misma persona.

Al cabo de unos días, volvió a por los resultados, colgados en el panel de anuncios de la facultad. Estaba en el último puesto, con las peores notas. Observó la lista de nombres. Era la única mujer entre ellos y también la única que no había aprobado el examen oral, por segunda vez. La había tumbado justamente el profesor Fiedler. El resto de notas, peores de lo habitual, indicaba que había ocurrido algo muy extraño. ¿Quizá alguno de sus profesores había cambiado de opinión? ¿Se habían preguntado si realmente merecía el aprobado? ¿Cómo era posible que la excelente alumna Mileva Marić, tras superar la parte escrita del examen y con la tesis aceptada, suspendiese la parte oral, encima dos veces seguidas? Volvió a encontrarse mal. «Este es mi fin», pensó con la cabeza en la taza del váter. «Fin».

Desde ese momento, Mileva Marić, de Novi Sad, alumna brillante de la Politécnica y futura científica, dejó de existir. En el panel con sus notas vio escrito su futuro. Se dijo a sí misma:

«Olvídate de licenciarte, olvídate de la ciencia, olvídate de hacer carrera alguna».

De la facultad se dirigió al café más próximo, donde vio sentado a Besso: «Estás pálida. ¿Ha habido malas noticias?». Mileva sólo asintió. Besso le fue a buscar un vaso de agua. «Mileva, perdona que te diga esto, pero estoy preocupado. Veo que hace tiempo que no estás bien. No sales con nosotros, te encierras en ti misma, has cambiado por completo. Antes venías siempre. ¿Qué te ocurre? ¿Estás enferma? ¿O Albert te hace enfadar?». «No, el problema no es Albert, sino yo misma. Pero no puedo hablar de eso, créeme. Es un asunto privado».

Cuando le dijo sus notas, Albert no entendió que se lo hubiese tomado tan mal. Le dijo, sin demasiadas contemplaciones: «Bueno, tampoco es el fin del mundo». Y, sin hacer ni siquiera una pausa, continuó: «¿Sabes? He hablado con Gross. Estoy harto de buscar trabajo. Su padre ha prometido que intentará conseguirme un empleo en la Oficina de Patentes de Berna». Se suponía que era una buena noticia, así que Mileva tuvo que guardarse su frustración por el suspenso y sonreír. Realmente se esforzaba por encontrar trabajo. Sólo que a ella cada vez le importaba menos. Había caído en el desánimo. ¿Cómo era posible que Albert todavía no se diese cuenta de que estaba a punto de convertirse en un ama de casa? Una mujer sin profesión. Adiós a la independencia y aún más a ser científica. Quedaría como una aficionada a quien nadie iba a dar una oportunidad. ¿Quién la iba a contratar en un laboratorio o en una escuela? Pero Albert estaba inusualmente alegre y optimista porque le hacía ilusión trabajar en la Oficina de Patentes. Eso era lo único que le interesaba. ¿Acaso le era indiferente que Mileva terminase sus estudios?

«Es como si le diese igual, se comporta como si mis estudios no tuviesen importancia», recuerda haber pensado en aquel momento. ¿Por qué había pensado que la iba entender o preocuparse? «Albert, ¿no entiendes que esto es el fin de mis sueños?», quería gritarle a pleno pulmón, para que se diese cuenta. Todo hubiese ido mejor si le hubiese pegado aquel grito.

Poco después del segundo suspenso en el examen, Mileva volvió a Novi Sad. Habían decidido que era mejor que diese a luz allí y ella esperaba que el bebé sólo se quedaría un tiempo con sus padres; lo que tardase Albert en encontrar un trabajo. Pero ninguno de sus planes se cumplió. Volvió de Novi Sad sin Lieserl, con la esperanza de que pronto Albert conseguiría un empleo, Mileva se licenciaría, se casarían y volverían a buscarla.

No se licenció. Tampoco fue a buscar a Lieserl. Sentía una culpa abrumadora. ¿Acaso no le hacía más falta a una recién nacida que a Albert?

Lleva años viviendo con la certeza de que, por Albert, abandonó a su bebé.

«Yo también necesitaba a Albert, Lieserl mía. Es la verdad, mi verdad. Me daba confianza en mí misma. Gracias a él, me sentía existir. Sólo podía ser una mujer a su lado».

Recuerda el momento en que Albert le puso la mano en la barriga. Sintió una paz absoluta. Trece años más tarde, es consciente de que ese contacto íntimo fue su momento de máxima plenitud, todavía mayor por no haberla esperado. Desde que, tirada en el camino con el vestido sucio y la boca llena de tierra, comprendió que era distinta, parecía condenada a la soledad. Creció sola como los niños cuyo aspecto o comportamiento difieren de la mayoría: los gorditos, torpes, con gafas, cojos o incapaces de correr. Como Anica, la jorobada de la escuela primaria de Novi Sad, que tenía un hombro más alto que el otro.

Luego, Mileva fue la joven que no podía llevar zapatos finos. La que nadie quería sacar a bailar. La que no conocía las miradas de deseo y los besos de los chicos.

Con ellos había tenido poco contacto, y no sólo por ser coja. Esto no la había vuelto ni reservada ni tímida. Su seriedad la hacía parecer mayor que sus compañeras. Entre las chicas de los cursos superiores, el tema de conversación principal eran sus futuras bodas nada más terminar la escuela. La mayoría de ellas ya estaban prometidas. En cambio, ya por entonces Mileva creía que el matrimonio no estaba hecho para ella. Quería estudiar, algo que en su entorno era incompatible con casarse. Una mujer con aspiraciones universitarias despertaba casi el mismo tipo de compasión que una coja o una enferma mental. «¡Mira, quiere ser un hombre!». En su entorno no tenía ningún modelo, así que su soledad era doble. Ni siquiera en su curso de la Politécnica había alguna otra mujer, estudiante o profesora.

Pensaba que su vida iba a transcurrir sin «fantasías románticas», como llamaba a las ensoñaciones de sus compañeras sobre el hombre ideal. Primero iba a estudiar y luego a convertirse en profesora. Viviría rodeada de libros y tendría amistad con sus compañeros varones. Así iba a ser su vida tal como ella la anticipaba.

Para Mileva, el encuentro con Albert y el inicio de su relación fueron una especie de milagro, incluso más teniendo en cuenta que les unió compartir intereses. Cada uno reconoció en el otro la misma sed de conocimiento. Era la primera vez que Mileva trataba con una persona así. Les acercaron el estudio y las conversaciones sobre clases y libros. Como ella, Albert estaba solo, porque era un excéntrico. No soportaba las normas, ni las de la escuela ni las de la sociedad. Abandonó la escuela con dieciséis años; para no ser llamado a filas, renunció al pasaporte alemán y se convirtió en apátrida; intentó matricularse en la Politécnica un año antes de la selectividad. Era como un niño grande y un poco desorientado que, al mismo tiempo, tenía muy claro lo que quería. Mileva entendió cómo funcionaba su mente, de qué forma su intuición e imaginación visual le ayudaban a resolver problemas teóricos incluso aunque no siguiese las normas; en realidad, era capaz de resolverlos precisamente por no seguirlas. Su sinceridad de niño, que a los demás les parecía brutal, era su única defensa frente a un mundo que le resultaba incomprensible. Mileva le aceptó tal como era: un poco infantil, un poco inseguro, pero con una mente brillante. A Albert le maravillaban la inteligencia de ella y sus hábitos de trabajo. Por aquel entonces su cojera no tenía ninguna importancia.

De repente Mileva ya no estaba sola. Creía haber encontrado a su media naranja, a su alma gemela, como si eso no existiese sólo en las novelas rosas, sino también en la vida real. Como si dos pudiesen ser uno sólo, como si su unión fuese fuerte como una roca. Se convirtieron en *ein Stein*, «una roca», como su apellido en alemán. Sentía el mismo júbilo, el mismo arrobo romántico que las chicas de la escuela de las que no hacía tanto se había reído. Albert se dirigía a ella con apelativos cursis como «corazón mío», «mi muñeca», «gatita», «traviesilla mía»... y le enviaba besos tiernos y cálidos abrazos según la convención. Mileva disfrutaba de todo eso sin preguntarse por qué los enamorados escriben estas tonterías, aunque, en sus respuestas, ella se refrenaba. Consideraba una virtud mantener la corrección.

Ahora le parece que ese arrebato, que incluso podría llamarse «fiebre amorosa», duró bien poco: apenas cuatro años. Dadas sus expectativas, sí, fue breve. Entonces Mileva no podía imaginar que recibirían un golpe que les separaría, el cual tendría que ver con Lieserl.

Años más tarde, en el tren, Mileva piensa que, cuando dejó a Lieserl con sus padres, se abrió un vacío que ni siquiera el nacimiento de Hans Albert y Tete había conseguido llenar.

«Primero lo único que quería era licenciarme en la Politécnica y encontrar un trabajo. Luego, junto a Albert, quise tener una carrera científica. Trabajo, niños, amor... estaba convencida de que podía tenerlo todo. Antes de presentarme al segundo examen aún me parecía posible. Me preparé todo el verano, cursé un semestre adicional de clases. Tenía plena seguridad en mis conocimientos. Pero ya estaba embarazada. Recuerdo el día en que no había duda alguna, cuando todavía no había dicho nada a nadie. Me paré frente al escaparate de una tienda. La luz caía de tal forma que yo veía mi reflejo. Pensé que tenía más de lo que nunca hubiese podido soñar. Apenas me faltaba licenciarme. Ya me habían ofrecido un trabajo en la biblioteca de la facultad y pronto sería madre. Quién lo hubiese dicho de una provinciana coja y no muy agraciada. Pero tenía buena cabeza. Me reí de mis propios pensamientos. De verdad, ¿por qué una mujer no iba a poder lograr lo mismo que un hombre? "Puedes", me dijo mi reflejo en el cristal del escaparate. "Claro que puedes". En ese momento, me sentía tan ligera que hubiese podido elevarme como un globo hacia el cielo azul».

Antes de conocer a Albert, Mileva sentía su cuerpo como una carga. Estaban de un lado ella y, del otro, su cuerpo. A veces lo sentía en menor medida y otras en mayor, pero en todo momento percibía esa separación. Con su tacto Albert le devolvió la sensación de estar completa y eso era algo que Mileva no podía olvidar. Para ella, nadie más poseía esa facultad de curarla.

Mientras esta noche, de camino a Zúrich, rebusca por sus recuerdos, Mileva intenta entender exactamente qué es lo que ha ocurrido. El embarazo la sorprendió. La euforia duró poco y pronto la reemplazaron la preocupación y el miedo. Contaban con la resistencia de los padres de Albert, que ni siquiera querían oír hablar de Mileva. Ella sabía que los suyos tampoco estarían a favor de que criasen al bebé, y más sin estar casados. Sí, ambos habían sido imprudentes. Lieserl había llegado demasiado temprano y de forma inesperada. Albert no tenía ni idea de las obligaciones que implicaba tenerla. Ni más adelante, ni mucho menos en su juventud, había dado ninguna importancia a las costumbres sociales o las obligaciones familiares. El padre de Mileva tenía razón. De los dos, ella era la mayor y la más responsable; debía ser consciente de eso. Cuando decidió tener el niño, Albert simplemente estuvo de acuerdo y le endosó la responsabilidad. A Mileva le tocó afrontar los cambios y deformaciones del cuerpo, las náuseas matutinas, los vómitos y la extenuación. Lo peor era verse obligada a esconder el embarazo de sus mejores amigos en Zúrich y de sus amigas. Tener un hijo fuera del matrimonio supondría un escándalo para Albert, y no podían casarse mientras él dependiese de sus padres y de una prima rica.

Con todo, Mileva esperaba que la noticia de su embarazo iba a atenuar en sus padres la decepción por no haberse licenciado. ¿Acaso no habían querido siempre que fuese como las otras chicas, que se casase y tuviese un bebé? Se consolaba pensando que todo se arreglaría en cuanto Albert encontrase trabajo.

Lieserl nació en enero de 1902. Con la ayuda de su amigo Marcel Grossmann, a finales de ese verano Albert consiguió un trabajo en la Oficina de Patentes de Berna. Ahora podía cumplir la promesa que había hecho a Mileva al dar a luz: casarse en cuanto él tuviese trabajo. Y luego por fin irían a Novi Sad para buscar a Lieserl, le escribía Mileva a su padre. Sus cartas habían cambiado de tono por completo y ahora estaban llenas de esperanza. Sin embargo, Miloš mantenía la contención, ella lo notaba en sus respuestas. «Querida hija, no hace falta que te apresures. Ljubica está bien aquí, no tienes motivos para preocuparte».

Lieserl acababa de cumplir un año cuando se casaron en Berna el 6 de enero de 1903. Era el día de la Navidad ortodoxa, pero contrajeron matrimonio no en la iglesia, sino en el ayuntamiento. No invitaron ni a los padres de ella ni a la madre de él, Paulina. El padre de Albert, Hermann, fallecido poco antes, había dado su bendición al matrimonio en el lecho de muerte. Mileva tenía la impresión de que, para Albert, la aprobación de su padre resultaba importante, visto que Paulina se oponía a que se casaran. Albert no le dijo nada a su madre, ni mucho menos le pidió su aprobación. Mileva se cosió sola el vestido porque no tenían dinero para comprar uno. La boda no pudo ser más modesta. Sólo estaban los novios y los testigos: en lugar de Grossmann y Besso, que esos días no estaban en Berna, fueron Maurice Solovin y Conrad Habicht, alumnos y ayudantes de Albert en el grupo «Academia Olimpia», formado por ellos tres. Mileva no era miembro del grupo porque no la incluyeron. A veces, cuando sus encuentros –en realidad, debates cenando con cerveza– se celebraban en su piso, Mileva escuchaba, pero sin participar. Consideraba que no tenía derecho a entrometerse en lo que, si bien tenía forma de discusión, en realidad eran clases a sus alumnos que Albert cobraba. Además, alguien tenía que preparar la cena –aunque normalmente fuesen salchichas y queso– y luego limpiar la cocina.

Poco habituada al papel de ama de casa en Novi Sad, a Mileva le costaba acostumbrarse, pero estaba feliz de que finalmente ella y Albert viviesen juntos. ¡Ya sólo faltaba que fuesen a buscar a Lieserl! «Iremos, claro. Sólo déjame resolver el asunto del doctorado», le decía Albert. Únicamente le faltaba presentar una solicitud. O terminar unas notas, un experimento, un texto...

¿Por qué no fueron a buscar enseguida a Lieserl? ¿A qué estaban esperando? ¿Por qué Mileva no fue ella sola? En los peores momentos, la atormentaba la negra duda de que a Albert le daba vergüenza reconocer que había tenido una hija sin casarse. Todos se enterarían: sus jefes, sus compañeros de trabajo, sus profesores... La noticia también llegaría a los científicos con quienes se carteaba, porque el mundo de la física teórica era muy reducido. «¿Acaso somos tan pequeñoburgueses?», se preguntaba. Estas dudas la sumían en una impotencia todavía mayor. Esperaba que llegase el verano y ahorrase el dinero suficiente para viajar a casa de sus padres y ver a la pequeña. Aunque fuese sola, sin Albert.

Aguardaba con impaciencia las cartas de su padre, porque sabía que en cada una de ellas mencionaría a Lieserl, aunque fuese con parquedad. Estaba lejos de ella y necesitaba que su padre le confirmase que Lieserl realmente existía. Al cabo de tanto tiempo, a veces le parecía que era una niña fantasma, un sueño del que sólo ella guardaba recuerdo. Otras veces incluso llegaba a pensar que Lieserl ya no estaba, que se había volatilizado. El sobre en el que figuraban su nombre y dirección, escritos por Miloš de su puño y letra, no le revelaba nada. Su padre siempre utilizaba los mismos sobres, blancos y acolchados con papel de seda gris. Lo primero que miraba era el sello. Seguro que el día anterior su padre había ido a ver a Lieserl en Kać para comprobar cómo estaba. Luego, si no había tenido que hacer recados en la ciudad, había dado la carta al cartero para que la enviase, con una propina. O bien había ido andando él mismo hasta la central de correos en Novi Sad y entregado la carta en la ventanilla. Luego se había pedido un café turco en algún establecimiento y había abierto el periódico.

A veces Mileva se preguntaba por qué ni su padre ni Albert se habían disgustado más por su fracaso en el examen de licenciatura. ¿Por qué no eran más exigentes con ella? Pensaba que Albert no se tomaba en serio el desánimo que le causaba haber dejado a Lieserl con su familia. Respecto a su padre, sospechaba que evitaba mostrar su decepción, porque sabía lo duro que había sido para Mileva dejar a su niña. Conocía bien sus ataques de tristeza.

Mileva le escribió diciéndole que, en los últimos tiempos, no se encontraba precisamente bien, que sin Lieserl apenas sobrevivía. Cada día que pasaba sin su pequeña la torturaba el remordimiento por haberla abandonado. Su padre quería protegerla, Mileva estaba segura de eso, aunque él mismo apenas había superado su fracaso académico y que diese a luz sin haberse casado.

Cuando Mileva dejó los estudios, su padre también se rindió. La salud de Miloš empeoraba. Un día llegó una carta de Zorka. Mileva recuerda de forma vívida que, al abrir el sobre cuyo aspecto tan bien conocía, rompió el papel. Y que se enjugó las palmas sudorosas por los nervios con el vestido y luego dejó caer las manos. En la carta, Zorka le decía que su padre se encontraba mal y que fuese de inmediato. Miloš había tenido un ataque al corazón.

«Sólo pido que sobreviva, que no se muera», repetía Mileva una y otra vez, como enfebrecida.

La estación de trenes de Novi Sad aún estaba vacía a primera hora de la mañana. Zorka la esperaba en el andén. Mileva vio la preocupación en su rostro y tenía miedo del encuentro. Zorka la abrazó y le echó una mano con el baúl. Por el camino hablaron más bien poco.

Cuando Mileva vio a su padre tan frágil y pálido, se acercó a la cama para abrazarle. «¿Cómo está, padre? ¿Se encuentra mejor? Ha adelgazado mucho, estoy preocupada». Su padre hizo un gesto con la mano como indicando que su enfermedad cardiaca era una nimiedad, aunque resultaba evidente que su estado era grave. Sentó a Mileva junto a él.

«Querida Mica», empezó. A ella le pareció que vacilaba. «Tengo que decirte... Tengo que decirte que ayer enterramos a Ljubica. Tenía escarlatina», dijo. Estaba acostumbrada a que su padre se refiriese a la niña por su nombre de bautizo, seguro que también lo hacía la familia que la había acogido. No la iban a llamar por el nombre alemán de Lieserl que utilizaban ella y Albert.

«¿Qué habéis enterrado a Ljubica? ¿A mi Ljubica? ¿A mi Lieserl?», susurró como si hablase consigo misma.

Recostado en los cojines, pálido, Miloš callaba. No tenía nada más que decirle.

El cuerpo entero de Mileva se convulsionó. Oía castañetear sus propios dientes, pero era como si ese ruido lo hiciese otra persona. Quizá sí lo hacía otra persona, otra Mileva. «Por favor, Zorka, llévame a su tumba», es lo único que alcanzó a decir.

Al pensar luego en este momento, Mileva comprendió que, por dolorosa que fuese la muerte de la niña, Miloš creía que iba a aliviar su situación, porque ella y Albert aun no se habían establecido del todo. Pero también tenía miedo de decírselo para no hacerle más daño. Mileva jamás podrá olvidar ese agosto. En cuestión de meses, Lieserl hubiese cumplido dos años. Seguro que ya había empezado a hablar: ya-yo, ya-ya, quizá también ma-má... y que podía andar si la llevaban de la mano. Mileva sólo veía su rostro ceñido por trenzas negras, sentía el olor limpio de su piel recién bañada, se acordaba del momento en que había soltado su mano...

La tumba de su hija estaba recién cavada y la tierra aún no se había asentado. En lugar de una lápida, la señalaba una cruz de madera sin nombre que sólo indicaba las fechas de su nacimiento y muerte. Sobre la tumba, Mileva colocó un ramito de flores silvestres que había recogido Zorka.

«Su tumba no puede estar señalada o, como mínimo, en ella no debe figurar su verdadero nombre», había escrito Albert. Y pedido a Miloš que procurase *resolver los asuntos relacionados con la documentación.** En otras palabras, que emplease sus contactos para que desapareciese toda prueba de que su hija había existido. «Nunca se ocupó tanto de ella cuando estaba viva», pensaba Mileva con aflicción en sus visitas diarias a la tumba. Era como si ahora, tras la muerte de

Lieserl, Albert tuviese incluso más miedo de que se supiese que había nacido de padres no casados.

Con frecuencia le había vuelto a la mente el momento de la despedida, en el que vio a Lieserl por última vez. Cuando ya estaba vestida y la esperaba un coche de caballos para llevarla a la estación ferroviaria, volvió a la habitación de su hija para darle un beso más. Estaba dormida. Tenía las pestañas largas y negras, las manos extendidas sobre la almohada con los puños cerrados. Mileva le abrió un puño con suavidad y besó aquellos deditos con uñas finas y perfectas. Apenas meses antes habían sido una sola. ¿Acaso alguna vez sus dos seres podrían separarse? No, jamás. Ni siquiera ahora, cuando ese otro ser ya no existía.

«Pronto vendré a buscarte», le dijo, como si la niña pudiese entenderla pero, más que a ella, se lo decía a sí misma. Por entonces ni siquiera podía imaginar que esa sería otra de sus promesas incumplidas.

Se acordó de que, tras el parto, Albert le había escrito: «*Aunque todavía no la conozca, ¡la quiero tanto!*».* Pero no contó a nadie de su familia que acababa de tener un bebé. Se lo guardó para sí porque temía la reacción de Paulina. Ni siquiera se atrevió a confesar que Lieserl existía a su hermana Maja, con quien tenía una relación de confianza. Mileva y Albert acordaron no hablar de la niña con nadie hasta que se asentasen y la pudiesen traer con ellos. «Albert sólo está cumpliendo lo acordado», le defendía Mileva ante sí misma. Pero jamás lo olvidó. La muerte de un hijo es una experiencia terriblemente solitaria, incluso si la criatura tiene padre y madre. Su dolor jamás es común. El dolor de un padre y el de una madre son completamente distintos.

Quizá Albert se comportaba así porque, para él, Lieserl jamás había sido real. Nunca la había visto. No la había tenido en brazos, no la había acunado, no le había cantado canciones. Para él, Lieserl apenas existía en las cartas. Sólo mucho después, Mileva tomó conciencia de lo difícil que es para los hombres entender la responsabilidad que siente una mujer al dar a luz, desde el mismo momento en que, de su cuerpo, brota un nuevo ser que depende enteramente de ella.

«Tras la dolorosa experiencia de Lieserl, a Hans Albert y Tete no los dejé solos ni un segundo hasta años después de nacer. Tenía un miedo enfermizo por ellos. Los únicos lugares seguros del mundo son el vientre de una madre y, luego, entre sus brazos. Pero no hay que creer en todo lo que dicen las madres, ¿verdad? ¿Cómo pude abandonar a Lieserl? Cuando murió quedé destrozada. Era un ser vivo hecho de mi carne y huesos. Era una parte de mí. Si la hubiese llevado a Zúrich, quizá ahora estaría con sus hermanos en este vagón. No dejo de plantearme ideas absurdas, porque hace tiempo que Lieserl no está. Quizá por eso el sentimiento de culpa crónico que me persigue es cada vez mayor».

El recuerdo de Lieserl ha despertado a Mileva. Es de noche y por la ventanilla desfilan luces lejanas. En la oscuridad, Mileva se quita la bufanda y la usa para arropar a Tete. «No hay forma de proteger a tu hijo, ni siquiera cuando estás a su lado. Sobre todo, no le puedes proteger de ti».

¿Logrará resistir sola? ¿Cómo afrontará esta nueva oleada de tristeza que ahora la invade? Acaricia la superficie afelpada del asiento. En esta cálida noche de verano, su tacto la mantiene en el tren, en la realidad.

Dejar a Lieserl con sus padres y quizá haberla perdido justo por eso sólo fue la primera de sus derrotas. Por eso no aprobó el examen de licenciatura que le hubiese permitido encontrar trabajo. Si lo hubiese pasado, quizá ahora estaría en un tren con destino a Novi Sad y no a Zúrich. Se instalaría con los niños en la nueva casa de sus padres en la calle Kisačka, que era lo bastante grande para todos, y luego buscaría trabajo como maestra de física y matemáticas.

Por un momento deja volar la imaginación. Le encantaría trabajar como maestra en Novi Sad. Lo había pensado con frecuencia mientras estudiaba. Pero eso era antes de conocer a Albert. Antes de dar a luz a Lieserl y abandonarla por él. Antes de suspender el examen de licenciatura.

Mileva abre su bolso de mano y palpa un paquetito envuelto con una cinta. Contiene las cartas que le envió Albert mientras ella esperaba el parto y después de que Lieserl naciese. Esas cartas son la única prueba de que su hija vivió. Tocarlas la tranquiliza. Ya no existen ni la partida de bautismo ni ningún otro documento que certifique quiénes fueron sus progenitores. Tampoco quedan fotografías. Sólo permanece en el recuerdo de los padres de Mileva y de Zorka. Cuando a todos ellos se los trague la tierra, Lieserl morirá otra vez. ¿Cuántas veces muere una persona después de muerta? Albert le rogó que prendiese fuego a estas cartas. Quería destruir todas las pruebas de la existencia de Lieserl para que los rumores no le pusiesen en un aprieto laboral. «Prométeme que vas a quemarlas», le dijo. «Lo haré», respondió Mileva, y se enjugó las lágrimas.

Por suerte, Albert no le exigió que las quemase delante de él. Pensaba hacerlo frente a la tumba de Lieserl y mezclar las cenizas con la tierra. Sin embargo, cuando vio la tumba y su padre le dijo que había encargado una lápida en blanco, sin indicación alguna, Mileva dudó. Su cuerpo todavía conserva cicatrices del parto. Recordará a Lieserl con todo su ser. Le prometió que vendría a buscarla cuando Albert encontrase trabajo. Traicionó a su niña. Al cabo de tanto tiempo, los motivos ni siquiera tienen importancia. ¿Acaso iba a permitir que, tras morir Lieserl, desapareciese cualquier rastro de su breve vida?

Mileva desata la cinta poco a poco. Está sola en el vagón. Saca las cartas de Albert y las extiende. Su favorita es la del 4 de febrero de 1902, que él le envió desde Berna tras el laborioso parto:

¡Querido amor mío! Cuánto debes haber sufrido si no me has podido escribir... Es terrible que nuestra Lieserl haya tenido que llegar así al mundo. ¿Está sana, llora como todos los bebés? ¿De qué color tiene los ojos? ¿A cuál de los dos se parece más? ¿Quién le da el pecho? ¿Tiene hambre? Debe ser bien calva. Aunque todavía no la conozco, ¡la quiero tanto! Cuando te mejores, ¿puedes hacer que la retraten? ¿Ya mira a su alrededor? *

Le tiene mucho cariño a esa carta porque es en la que Albert escribe más sobre la niña. Está emocionado, quiere saberlo todo. No ocurre lo mismo en la correspondencia anterior, donde apenas hace referencia a ella en alguna frase. De todas formas, guarda también esas cartas como prueba, igual que la carta donde Albert la menciona por última vez.

Me sabe muy mal lo que le ocurre a Lieserl. La escarlatina puede dejar secuelas de por vida... ¿Cómo puede estar registrada? Tenemos que tomar precauciones para que luego no haya problemas. Vuelve pronto conmigo. Ya han pasado tres semanas y una buena esposa no debería dejar más tiempo a su marido solo. *

Le escribió eso a una persona fuerte e independiente a la que consideraba su igual. ¿Dónde está ahora esa persona? ¿Dónde se ha perdido? ¿Quizá esa parte de ella quedó enterrada junto a su hija? Junto a su curiosidad intelectual, su amor por el estudio, sus ambiciones de éxito y el resto de virtudes con las que había conquistado a Albert.

Mileva sobrevivió a la pérdida de Lieserl, pero jamás llegó a recuperarse. Albert nunca lo entendió, quizá porque cada vez estaba más absorto en su obra científica. Y cada vez se centraba más en sí mismo, porque en ella ya no encontraba a una igual.

De repente Mileva se acuerda de una carta que escribió a Helena antes del parto. Se sentía extremadamente sola por tener que guardar un secreto que no podía revelarle ni siquiera a ella. En esa carta, describiendo su amor por Albert, utilizó una palabra inusual que ahora volvía a su memoria: le amo de forma *temible*. Era como si su vida dependiese de él y su amor, como si tuviese miedo de la fuerza de ese amor porque intuía hasta qué punto la ligaba a Albert. La hacía estar dispuesta a hacer lo que fuese para permanecer junto a él.

Quizá la explicación que le debe a Lieserl está en ese amor temible por su padre. «Le quería tanto que no le pude dejar. Entre el amor por él y el amor por ti, le elegí a él».

Con cuidado, vuelve a juntar y envolver las cartas. No las va a leer nunca más. Las guardará en algún lugar que sólo ella conozca. Mientras existan esas cartas, también existirá Lieserl.

Mileva repasa sus errores, sus decisiones equivocadas y sus fracasos. Los viajes son una oportunidad para reflexionar, para echar cuentas. Entre la partida y la llegada, el viajero dispone de un tiempo que normalmente devora la cotidianidad.

A veces, en los ojos de sus niños ve la mirada de Lieserl. Esa misma confianza infantil que a ella la paraliza, porque no está segura, no puede estar segura, de que no la volverá a traicionar. ¿Traicionó a Lieserl? ¿O su culpa es menor porque estaba en una situación sin salida? ¿Por qué esto todavía la atormenta?

El único motivo que tiene para no saltar del tren que corre a toda velocidad es su responsabilidad sobre los niños.

«Yo no los protejo a ellos, sino que ellos me protegen a mí. Me salvan de mí misma», piensa Mileva, completamente desvelada.

Hasta ahora ha resistido. Ha sido sobria, organizada, práctica. Ha firmado un acuerdo con Albert, ha hecho las maletas, ha comprado los billetes, ha alquilado un alojamiento y se ha subido al tren.

Sale del compartimento y cierra la puerta con cuidado. En el corredor vacío, abre la ventana y aspira hondo el aire nocturno.

Luego piensa en escribirle una respuesta a Albert. «Querido Albert», le diría. ¿Querido? ¿Después de todo lo que había ocurrido aún se le podía dirigir así? Él mismo le ha vedado cualquier trato íntimo. Mejor sólo «Albert», pues. «Albert, leo por enésima vez tus Condiciones y todavía me cuesta creer que las escribieses. Ponen al descubierto toda tu miseria como ser humano. Es cierto que, muchas veces, el raciocinio y el intelecto no van acompañados de la moral. Por desgracia, es tu caso. No hablo de ti como científico. En esa vertiente te respeto y de verdad lo mereces. Pero hay individuos que tienen una personalidad completa y otros que no. Tú vives en dos mundos, tienes dos vidas, como muestra tu carta con las Condiciones. Sé que crees que eres un hombre del futuro. Desde luego tu obra científica pertenece a él. Pero, como hombre, en tu idea de cómo relacionarte con las mujeres no has ido mucho más allá que tu padre Hermann y el siglo XIX en general. Lo que me atrajo de ti fue la convicción de que eras distinto, y al principio lo eras. Desde hace un tiempo, nuestra relación viene cambiando. Ahora me doy cuenta de que se ha degradado de la colaboración intelectual al trato entre un amo y su criada.

¿Alguna vez te has preguntado en serio por qué soy tal como me presentas a tus amigos y tu madre? Hosca, depresiva, celosa... ¿Alguna vez has pensado en lo que significó para mí renunciar a Lieserl? ¿O en por qué no llegué a licenciarme? ¿Acaso piensas ahora en qué ocurrirá con los niños? Me da miedo no poder ocuparme contigo de su futuro. Las relaciones personales, incluso con tus propios hijos, cada vez tienen menos importancia para ti, sobre todo cuando implican responsabilidades. Sólo quieres estar tranquilo. Te entiendo, para crear hace falta sosiego. Pero, en tu caso, la ciencia también es una forma de huir de la realidad, sobre todo de las relaciones con tus seres más próximos. Aunque te he abandonado, de hecho fuiste tú quien nos abandonó. Tanto a nosotros como a tus responsabilidades como padre, que no es precisamente algo abstracto, sino muy concreto. Te resulta más fácil preocuparte de la humanidad entera que de tus dos hijos. Pese a todo, te agradezco que hayas prometido ayudarnos financieramente, ya que no puedo sostenernos yo sola. Porque, ya lo ves, parece que yo tampoco he logrado escaparme del siglo XIX, aunque lo haya intentado. Tu exmujer, Mica».

Nunca firma las cartas como «Mica». Sólo pueden dirigirse a ella con este apelativo cariñoso de la infancia sus padres, Zorka y su hermano menor, Miloš. No le gustaba cuando sus amigas la llamaban así. A Albert se lo permitió en el pasado, pero de eso hace ya mucho tiempo. Ahora, firmando así le confirmaría que se acuerda de este pequeño gesto de ternura, que él todavía significa algo para Mileva.

De todas formas, no va a escribir la carta. Sería muy suave, demasiado conciliadora. Jamás ha aprendido a expresar sus sentimientos por carta. Nada más poner las palabras por escrito, se convierten en algo diferente. Es demasiado contenida. Y todavía es pronto para una reconciliación.

Mileva vuelve a sentir ganas de comer algo dulce, pero no hay ni mermelada ni caramelos para confortarse siquiera un poco.

En Zúrich los recibe un chaparrón veraniego. Llegan bien entrada la noche, pero por suerte la casa de huéspedes está cerca de la estación. Nada más subir a la primera planta del Albergue Augustinerhof, mete a los niños dormidos en la cama y enseguida cae en un profundo sueño. La mañana siguiente es clara. Le sentaría bien una taza de café negro bien fuerte. Varios huéspedes ya se han congregado en torno a la mesa del comedor. Leen el periódico, hablan de una proclamación. Mileva se sirve un café, ahora mismo las noticias no le interesan. Tiene que deshacer el equipaje y organizar de nuevo su vida en Zúrich.

Se le acerca un hombre entrado en años. «Ayer Austria declaró la guerra a Serbia», le dice. Asiente con la cabeza, ya lo sabe. «Belgrado ha sido bombardeada», añade el hombre.

Al momento la embarga un sentimiento de culpa, como si ella fuese responsable del bombardeo y el estallido de la guerra. Sabe que resulta absurdo esperar que su padre y su hermano se libren de la movilización. Piensa en su amiga Helena. ¿Qué le va a ocurrir? Siente que pierde las escasas fuerzas que había acumulado en los últimos días. La mudanza a Berlín. La ruptura. El regreso. Ahora sólo falta una guerra. ¿Acaso las dificultades jamás van a terminar? ¿Cómo va a sobrevivir a dos guerras, la entablada con Albert y la que acaba de empezar en Serbia? Las lágrimas le resbalan por las mejillas. Sólo se da cuenta cuando un hombre le ofrece un pañuelo. Se levanta, vuelve a su habitación y se acurruca en la cama junto a Tete. Él se agita en el sueño. Le abraza. Un poco demasiado fuerte, porque el niño dormido se aparta de ella.

En el hospital
1916-1919

Mileva oye cómo, alrededor de su cama, los médicos debaten en voz baja si ha tenido sólo un ataque al corazón o varios. Siente una indiferencia extraña, como si hablasen de una persona desconocida.

Está tumbada sobre cojines levantados y mira sus manos tendidas sobre la sábana. Sus manos reumáticas. Varios dedos se han encorvado y ya no los puede enderezar. El pulgar de la mano derecha está hinchado, pero no siente dolor alguno. Incluso sus propias manos le parecen ajenas. No siente nada. ¿Le han dado una inyección contra el dolor? En el armario junto a la cama hay un bol metálico con una jeringuilla vacía y, junto a él, un jarrón con narcisos. ¿Desde cuándo yace en esta habitación? Intenta recordar cómo llegó hasta aquí. Tiene el recuerdo de un dolor agudo en la mano izquierda, una ambulancia y las prisas de la gente en torno suyo. Luego, de las enfermeras que le cambiaban la ropa, el tacto glacial de la sábana en la espalda, unas manos sobre su frente y la sensación de caer en el sueño. ¿O en la inconsciencia?

Con la mirada, recorre el armazón metálico de la cama y luego observa las sábanas. En el dobladillo pone «Theodosianum». Mileva lee una y otra vez las letras cosidas con hilo azul. Susurra la palabra letra por letra, como si fuese una fórmula mágica que, si repite la cantidad de veces necesaria, la convencerá de que realmente está ingresada en un hospital con este nombre, de que todo está ocurriendo en este mundo y no en otro distinto.

«No puedo dejar a los niños solos», piensa. «Tengo que volver con ellos lo más rápido posible».

Luego se agarra al objeto más cercano, un vaso de agua. La calma el tacto del cristal liso y frío. Siente que, si se concentra en algo externo a ella, se salvará.

El silencio de la tarde la deja sumida en el sopor, pero se resiste. No puede quedarse tumbada así como así sin saber cómo están los niños. Llama al timbre y acude una enfermera. «¿Dónde están mis hijos?». La enfermera ya tiene una edad. «Señora Einstein, sus visitas se han ido hace poco. No querían despertarla. Le han dejado flores. Eran dos niños maravillosos acompañados por una dama elegante. Ahora lo principal es que repose». ¿Quizá Ida Hurwitz ha venido con los niños y le ha traído flores? ¿O era otra persona? ¿A lo mejor Zorka? ¿Es posible que haya venido desde Novi Sad? Le ha parecido oír su voz mientras dormía. ¿O lo ha soñado? Lleva meses sin escribir a su familia, algo inhabitual en ella. ¿Quizá se han preocupado y enviado a Zorka para ver cuál es la situación? ¿O quizá Albert les ha dicho que estaba ingresada en el hospital? No, no puede haber sido Zorka. Nadie la llamaría «elegante» y mucho menos, «dama».

Desde que se fue de Berlín sufre trastornos psicóticos y, como su estado ha ido a peor, no ha querido escribir a su familia en Novi Sad. ¿Qué iba a contarles? ¿Cómo iba a explicarles su silencio, su irritabilidad, su tristeza por la ruptura con Albert? Sólo faltaba esa enfermedad que la ha atacado –aunque no se extraña de eso– en pleno corazón. No enseguida tras separarse de Albert, sino al cabo de dos años.

Le parece imposible que hayan pasado ya dos años desde que volvieron de Berlín. Recuerda cada momento de los últimos días allí como si fuese ayer. También cómo alquilaron un piso en Zúrich, donde han vivido en la escasez, aunque Mileva se ha esforzado por que los niños no se diesen cuenta. Albert escribe a sus hijos, es verdad, intenta mantener el contacto con ellos, pero Hans Albert le responde con desgana. Albert culpa de eso a Mileva, cree que predispone a su primogénito contra él. Mileva está agotada de defender su inocencia. Le ha escrito a Albert que su hijo tiene doce años, que poco a poco cambia y crece. Pero tendría que haberle dicho: «Te echan de menos, él y Tete. Te echan mucho de menos. ¿No te das cuenta de que, de la noche a la mañana, se han quedado sin padre? Para ellos, ha sido un golpe tremendo. No hay cartas que puedan compensar tu ausencia en casa, las excursiones, los juegos, las comidas familiares. No puedes esperar de ellos que entiendan los motivos por los que no estás, ni que te perdonen. Los niños son egoístas, Albert. Piensa en ti mismo a su edad».

¿Por qué no se lo había escrito? Por tozudez y orgullo. O, ¿quizá les habría hecho más mal que bien a los niños? Mientras yace en esta cama tiene tiempo para pensar. Ve la situación más claramente. Sí, su vanidad herida ha dificultado las relaciones de los niños con su padre. No ha logrado reprimir su decepción, sus celos de Elsa, su sentimiento de agravio. No ha sido una venganza deliberada por las Condiciones. Incluso ha animado a Hans Albert para que escriba a su padre. Pero le han sentado mal las críticas de Albert y, a veces, ha dejado de lado la pedagogía para expresar sus sentimientos. «Si su hijo no le quiere escribir, pues que no le escriba. ¡No voy a obligarle en nombre del deber! Ni a repetirle una y otra vez a Albert que tiene que ser más cariñoso y atento con los niños».

Era consciente de que insistía a los niños para que se carteasen regularmente con su padre no sólo por el interés de ellos. ¿Cómo iba a ser así? Además de sus hijos, pensaba en sí misma. Tras marcharse de Berlín, habían vivido en la incertidumbre. Apretujados en la pensión, con poco espacio, habían esperado a que llegasen los muebles para trasladarse al piso alquilado por Mileva porque no tenía dinero para comprar uno nuevo. A causa de la guerra, el mobiliario había tardado cuatro meses en llegar desde Berlín.

Esto es lo que añadiría a la carta para justificar su enfado y amargura: «No tenía dinero ni siquiera para pagar la estancia en la pensión. Contaba hasta el último franco. Al final tuve que pedirle dinero a un amigo. Hans Albert se dio cuenta, él es testigo de que no has cumplido lo que prometiste, de que enviaste el dinero según la ocasión, aunque sabías que dependíamos de ti por entero. Tengo que reconocer que hubo momentos en los que mi única satisfacción era saber que yo disfrutaba de los niños mientras tú sufrías sin ellos».

Sin embargo, Mileva sabe que una carta así sólo irritaría a Albert y no quiere provocarle. No es que tema su ira: ya está acostumbrada a sus cambios de humor, sus salidas de tono y las extensas cartas en las que luego le pide perdón. Albert puede ser impulsivo, Mileva lo conoce bien. Por eso se contiene.

A veces, cuando se siente con más fuerzas, se lamenta de su autocontrol, tanto en las cartas como en las conversaciones. Lo que consideraba una virtud de su carácter se vuelve contra ella y se transforma en un defecto. A veces piensa en lo que le debería decir, pero termina por guardárselo. Toda esta actividad mental la hace sentir aún peor, furiosa contra sí misma. Cuando la furia se mezcla con la impotencia, su mente sólo encuentra una salida en la parálisis. Al entrar en este estado no es capaz de hacer nada en absoluto, así que los dilemas y las angustias desaparecen, aunque sea por un momento. Es lo que le ocurrió cuando Albert le pidió el divorcio, al cabo de dos años asegurándole que no lo quería de ninguna de las maneras. Conociendo su imprevisibilidad, debería haber sabido que iba a cambiar de opinión. Se hubiese ahorrado la sorpresa. ¿Acaso le conoce lo suficiente? Ya antes la sacaba de quicio ese constante cambiar de ideas y decisiones que le quitaba la paz y la seguridad. La incertidumbre la deja sin fuerzas, como si la devorase por dentro.

El dolor que sintió en el hombro izquierdo cuando tuvo el infarto le recuerda que esta vez ha salido peor parada que de costumbre. Estaba convencida de que los dolores físicos son más tolerables que los psíquicos, con los que convive desde hace años, pero el ataque al corazón la ha hecho dudar. Por primera vez, ha tenido la certeza de estar muriendo. Cuando, tras la inyección, el dolor remite, no se le hace pesado estar en el hospital. Tiene una habitación para ella sola y disfruta de una paz inexistente en su casa. Allí debe hacerse cargo de todo, en particular de Tete, incluso aunque esté enferma. También es bueno para sus amigos y para Hans Albert, que así pueden descansar de cuidarla. Zangger es quien más se ha cuidado de ella. Mientras estaba tumbada en casa, venía a diario para medirle la presión, comprobarle el pulso y auscultarle los pulmones. Por él casi había decidido ir al hospital por su propio pie. Los momentos en los que no siente dolor en las articulaciones o en las piernas, el tiempo que tiene para ella sola, aunque sea en una cama de hospital, son una auténtica bendición para Mileva. Y lo serían más si pudiese descansar de verdad, como le recomiendan los médicos. «Cálmese, es importante que se recupere bien». Gotas. Polvos. Inyecciones. Baños. Masajes. Pero, en cuanto se tranquiliza y tiene la esperanza de coger el sueño, los recuerdos la asaltan de improviso. En su interior se ha acumulado tristeza para varias vidas.

El pasado es un poso del que no se consigue librar.

Tras irse de Berlín, la vida de Mileva ha seguido ligada estrechamente a la de Albert, porque todas sus decisiones y estados de ánimo han afectado primero a los niños y, luego, a ella. Michele Besso le había dicho varias veces que, según su propia confesión, Albert no tenía la intención de casarse con Elsa. «Por los niños», le había escrito a Mileva. Tanto él como Zangger, los dos amigos en quienes puede confiar –sobre todo cuando se trataba del bien de los niños, que para ella es lo más importante– le dijeron que, a su modo de ver, se trataba de una decisión racional y positiva. ¿Por qué someterlos a una situación que los confundiría aún más? Teniendo en cuenta que apenas los veía, ¿para qué alterarlos con nuevos cambios cuando apenas habían logrado acostumbrarse a vivir sin su padre?

Sin embargo, poco después de haber dicho que no tenía intenciones de casarse, Albert le envió a Mileva una carta... ¡pidiendo el divorcio! Incluso le adjuntaba un plan financiero detallado. Condiciones y planes financieros, en eso había quedado la relación de Albert con Mileva. «Una relación comercial», tal como la había descrito cuando se vieron en el apartamento de los Haber un día antes de que ella se fuese de Berlín. Le proponía ingresar 6.000 marcos alemanes más en un fondo destinado a los niños y aumentar la pensión destinada al mantenimiento de Mileva en 5.600 marcos anuales. Esta carta estaba escrita en un tono completamente distinto a la anterior. Al leerla, Mileva pensó que la había redactado un oficinista en un bufete de abogados.

«O sea, que quiere el divorcio», se dijo enfadada. La concordia no había durado mucho. En realidad, Albert había mencionado el divorcio en una carta enviada el febrero anterior, pero Mileva ni siquiera se había dignado a responderle. ¿Qué le iba a decir? ¿Qué todo eso lo hacía incitado por Elsa, que no tenía bastante con vivir con él, sino que además quería casarse? Mileva decidió no ceder. No quería ni hablar del divorcio, porque entonces... ¿qué impediría a Elsa, como esposa legítima de Albert, plantear todavía más exigencias? Quizá le prohibiría enviar dinero a los niños o ir a visitarles. A Elsa le encantaría borrarlos a los tres de la vida de Albert y seguro que Paulina le estaba echando una mano. Desde hacía dos años, ella ni siquiera reclamaba que los niños la fuesen a ver. Era Mileva quien había insistido en que el acuerdo incluyese la prohibición de que los niños visitasen a la familia de Albert, pero igualmente Paulina podría haber pedido ver a sus dos únicos nietos. Jamás lo hizo. Incluso para los niños resultaba extraño, aunque no estaban unidos a esa abuela sino a la otra, Marija, de Novi Sad.

A Mileva no le gustaron los argumentos que dio Albert para justificar su cambio de opinión. No había sido por Elsa, aseguraba, al menos no directamente. Se atrevió a escribirle diciendo que Ilse, la hija mayor de Elsa, había entrado en una edad en la que debía comenzar a pensar en casarse, y el hecho de que su madre tuviese una relación sin estar casada no le era precisamente de ayuda. Quizá Albert ni siquiera era consciente de ello, pero le daba el peor argumento concebible, el argumento que él mismo había despreciado cuando lo empleó el padre de Mileva: «¿Qué dirá la gente?». ¡Albert se preocupa por Ilse y su reputación! Y no se preocupa por Mileva, que está enferma; por Tete, que tiene una salud frágil, por lo que digan sus amigos sobre cómo descuida a sus hijos, a quienes ha visto apenas una vez en dos años desde que se fueron de Berlín. ¡No, a él le importa la reputación de Ilse! Si no la hubiese mentado, quizá Mileva hubiese logrado reunir fuerzas para responderle de forma serena y respetuosa. Pero estaba demasiado enfadada como para escribirle. Se veía incapaz de dar una respuesta cortés, así que optó por tragarse la rabia y callarse. Otra vez se callaba. No tenía fuerzas para todas las batallas, tenía que elegir bien cuáles librar.

Con todo, cuando, al cabo de unos meses, Albert le comunicó que iría a Zúrich y que le gustaría ver a los niños, Mileva los envió con los Zangger para que se encontrase allí con ellos de acuerdo con su propuesta. Siempre era él quien ponía las condiciones. «Y siempre será así», pensaba con resignación Mileva. Mantenerlos le daba derecho a decidir cuándo y dónde verlos. Pero ella estaba contenta por sus hijos, sobre todo por Tete, que estaba entusiasmado con la idea de ver a su padre. Hans Albert, en cambio, no mostraba ninguna emoción. Se encontraba en plena pubertad y se hacía el duro, como si le fuese indiferente.

A petición de Hans Albert, Mileva envió a Albert una carta, muy breve. En ella le proponía que, durante su estancia en Zúrich, se encontrasen para hablar no sólo sobre el divorcio, sino también sobre la pensión de los niños, porque a medida que crecían cada vez hacía falta más dinero. La suma para mantenerles continuaba siendo la del acuerdo de Berlín que Haber le había llevado antes de que se marchasen. Mileva había escrito a Albert en varias ocasiones diciéndole que no le enviaba lo suficiente y que debía dinero a sus conocidos. Daba clases particulares de piano y matemáticas, hacía lo que estaba en su mano, pero Albert debía saber que, si bien en la guerra Suiza era neutral, allí todo había subido de precio, en especial la comida. Si le preocupaban los cambios de humor de Hans Albert y por eso no escribía a su hijo, debía saber también que no era culpa de ella, pues cumplía su parte del acuerdo y no hablaba mal a los niños de su padre. Le había explicado que Tete seguía teniendo problemas de salud, que las vías respiratorias se le infectaban con frecuencia. Incluso había sufrido una inflamación pulmonar y las estancias en el sanatorio infantil no resultaban baratas. ¿Acaso su padre iba a escatimar en gastos para su recuperación? Probablemente Albert iba a decirle que eran miedos exagerados, lo cual significaba que, en realidad, no quería saber nada de ellos. En caso de que aceptase mantener una conversación, seguro que sólo estaría dispuesto a hablar sobre el divorcio.

Mileva estaba cansada y le hubiera gustado que su relación con Albert se estabilizase de una vez por todas, que se pudiese tomar su visita como si viniese a verla un viejo amigo. Pero aún tenía presente el recuerdo de lo ocurrido en Berlín: la mañana en casa de los Haber cuando recibió el sobre con esas Condiciones indignantes que todavía recordaba de memoria; la incredulidad; su letra; el olor de la comida; el pánico que la asaltó y, finalmente, la decisión de volver a Zúrich. Recordaba la despedida de Albert en la estación de tren, su rostro enmarcado por la ventanilla del vagón, las lágrimas que le resbalaban por las mejillas... ¿Los niños se dieron cuenta? Mileva se acuerda de que Hans Albert le volvió la cara a su padre. ¿Quizá quería esconder sus propias lágrimas? El pequeño Tete le siguió diciendo adiós con la mano mucho después de que el tren saliese de la estación.

Mientras los niños están en casa de los Zangger para ver a su padre, a Mileva sólo le queda imaginar el encuentro. Ve cómo Albert abre la puerta y enseguida Tete se le tira a los brazos. Su padre lo sube a sus espaldas, como antes solían pasear por la ciudad ante los transeúntes atónitos. Tete no es contenido como Hans Albert, que sólo le da la mano. Los amigos de Mileva le han dicho que Albert ha encanecido y perdido peso. Desde hace un tiempo sufre problemas de estómago, aunque, por lo que ha oído, Elsa es buena cocinera. Al menos esa lianta insoportable sabe hacer algo de provecho. Como Albert viene a Zúrich para dar una conferencia en la universidad, probablemente lleve un traje mejor de los que acostumbra, si bien tampoco es seguro. Incluso con un traje caro y nuevo da una cierta impresión de desaliño, toda la ropa que se pone parece arrugada... en definitiva, no es un hombre con un aspecto elegante. Mileva siempre se había esforzado porque, al menos, fuese limpio. Ahora todas esas tareas que, en las Condiciones, le había asignado a ella las hace una sirvienta, y no Elsa. Ahora Elsa es una gran dama.

Mileva se altera con tan sólo pensar en su encuentro. Cuando recibe una carta suya, cuando le llegan noticias de él, en su interior se agitan sentimientos que creía haber olvidado y vuelve el anhelo de estar con Albert. Es consciente de que se trata de algo irracional. Cuando, a veces, Tete le pregunta: «¿Mamá, tú quieres a papá?», le responde con sinceridad que sí, que le quiere. «Pero es algo muy complicado», añade, para evitar que su hijo siga preguntando. No sabría cómo explicarle sus sentimientos, con frecuencia contradictorios: su profundo vínculo y lealtad con Albert pese a todo lo que les separa; pero también su desprecio, su ira y, por momentos, incluso su odio hacia él. Tienen un pasado y unos hijos en común. Eso no puede borrarlo ninguna Elsa.

Por un momento, Mileva desea estar ella también en casa de los Zangger con los niños para apoyar su cabeza en la de Albert. Le gustaría sentir su olor, que tan bien conoce, esa mezcla del aroma del tabaco con el de su piel. Temblar como aquellas veces en las que regresaba en tren de Novi Sad y él iba a la estación para esperarla. Le gustaría al menos sentarse callada frente a Albert y sólo mirarlo. «Al fin y al cabo, sigue siendo mi marido», piensa Mileva, y por un momento olvidaba su «relación comercial».

Si se encontrasen, si ella también estuviese en casa de los Zangger, le pediría que fuesen un momento a la habitación contigua. Puesto que ya estaba allí, Albert no la podría rechazar. Se sentaría frente a la mesa y cargaría con parsimonia la pipa. Mileva le diría que no es correcto que deba tomar en solitario todas las decisiones relacionadas con los niños, que no tiene fuerzas para pelearse con él para conseguir dinero con el que comprar zapatos nuevos o libros escolares. «Crecen, Albert, y sus necesidades también», le diría. Tete pronto va a ir a la escuela.

Él le tendería la mano a través de la mesa hasta coger la suya. Mileva no se resistiría. Su tacto es demasiado valioso para ella. «No hagas eso», le diría Albert con tono suave. «Sabes que estás dificultando las cosas tanto para mí como para ti».

Entonces ella retiraría la mano, con miedo de que a ese gesto de excesiva intimidad le sucediese algo desagradable. «Me sabe mal lo que te voy a decir ahora», empezaría él. «Lo sé, Albert, quieres el divorcio», completaría Mileva.

«Sí, tenemos que hablar sobre el divorcio. Ha llegado el momento», confirmaría él.

«No ha llegado, Albert. Aún es pronto».

Él suspiraría y negaría con la cabeza: «Qué mujer más tozuda, qué mal carácter». Mileva se levantaría de golpe y saldría de la habitación. Cuando se encontrase otra vez a una distancia segura de Albert, sentiría como las piernas le fallan de golpe.

«Incluso cuando fantaseo, nuestro encuentro termina en pelea. A estas alturas me agota incluso pensar en nuestras rencillas». Si Albert quisiese hablar, sabe exactamente lo que iba a decirle. «Albert, créeme, no has podido encontrar un momento peor. No te voy a cargar con mis preocupaciones, pero... ¿sabes que mi hermano Miloš está luchando en el frente de Rusia? No sabemos nada de él. No sabemos si ha muerto, si lo han hecho preso. Hace mucho que no recibimos ninguna carta suya y la preocupación nos tiene desquiciados. Zorka enloquece, yo estoy sin trabajo y cargada de deudas. No sé cómo saldré adelante sola con los niños, que pronto ya serán muchachos. Por favor, no insistas en el divorcio. Esperemos un poco más».

La entristece no ser capaz de pensar en nada más que en discusiones. Y aún la entristece más que Albert le haya hecho llegar a través de su hijo que no quiere verla.

En lugar de encolerizarse con él, Mileva siente resignación. Al cabo de dos años de negociaciones, igual que en la guerra de verdad, se ha quedado sin fuerzas para seguir luchando y debe emprender la retirada. A veces le parece que los cambios de opinión de Albert respecto a todo –desde el comportamiento de Hans Albert hasta el dinero– le van a hacer perder el juicio. A veces es cortés y otras, injustamente exigente. Ya no puede defenderle más ante los niños por no encontrar tiempo para visitarles. Si Mileva no tuviese varios amigos cercanos, no lo podría soportar. Zangger y Besso, pero sobre todo Zangger, han asumido buena parte de la responsabilidad sobre Hans Albert. Ahora, de repente, Albert quiere que ella le conceda el divorcio con ese argumento absurdo. Y, encima, sin ni siquiera encontrarse. Mileva sabe el motivo: tampoco esta vez tiene la valentía necesaria para ponerse frente a ella.

La habitación del hospital está en silencio. Sólo se oyen los pasos de la enfermera al alejarse.

¿Quizá sí ha sido Zorka quien la ha visitado con los niños? Los narcisos son su flor preferida. Mileva no recuerda que Zorka le hubiese dicho que iba a venir. ¿Realmente habrá viajado hasta allí desde Novi Sad? Quizá Hans Albert ya no es capaz de cuidar de Tete solo... Zorka apenas puede ayudarse a sí misma, como para ayudarla a ella. Es retraída y cada vez cojea más. No lleva calzado ortopédico.

Con frecuencia Zorka grita a su madre. Miloš escribe a Mileva que cada vez está más distante con ellos y, sobre todo, con los demás. Respecto a sus padres, se comporta con suspicacia y les acusa de querer hacerle daño. «Lo peor, Mica, es que cada vez es más difícil discutir con ella, porque no acepta los argumentos racionales. Tenemos que acostumbrarnos a vivir con su enfermedad», le cuenta Miloš. Ya debe resultarle difícil de por sí reconocer la situación de su familia y, todavía más, ponerla por escrito: una de sus hijas cría a sus niños sola en Zúrich, la otra está cada vez más enferma y del hijo no hay noticia alguna.

Todo eso ha tumbado a Mileva. «Tumbar» es una palabra muy adecuada. Luchaba contra un enemigo invisible y él la ha hecho caer. Últimamente sólo pierde batallas. Cuando se despertó en mitad de la noche por un dolor agudo en el brazo izquierdo, esperó a que Hans Albert se levantase por la mañana y le envió a buscar a Zangger. Este llegó enseguida. «Quizá has tenido un infarto», le dijo. «Tendrías que ir al hospital». Mileva no tenía fuerzas para ponerse en pie. No quería siquiera moverse. Pasó dos semanas tumbada en casa. No mejoró y ha terminado igualmente en el hospital.

Apenas ahora ve que, en el armario junto a la cama, hay un sobre. Lo abre y reconoce la letra de Helena:

Querida Mica, esta tarde te he visitado con los chicos. Te acababan de dar la inyección contra el dolor y te habías quedado dormida, así que nos hemos ido pronto. Pero vendré de nuevo maña-

*na a las tres. Por lo que me han dicho, es la hora de las visitas. No
te preocupes por los niños, sólo de recuperarte pronto. Te quiere.
Helena.*

«Te quiere. Helena». Ha venido desde Lausana para verla.
Todavía queda gente a la que le importa. ¿De verdad merece
tanta atención de su vieja amiga? Llora: no tiene motivo para
sofocar las lágrimas y hacerse la valiente cuando nadie la ve.

Mientras Mileva se encuentra ingresada, Albert escribe a sus
amigos de que está convencido de que finge su enfermedad. En
su convicción le apoyan no sólo Elsa, sino también Paulina. Al
visitarle, Zangger le insiste en que se trata de una situación
grave y en que Mileva ha sufrido varios microinfartos causa-
dos por el estrés emocional. Pero Albert no ve las emociones
como un motivo serio para nada ni reconoce el estrés, sobre
todo cuando se trata de ella. Incluso escribe a Zangger diciéndole que Mileva no tiene motivos para quejarse porque «*[...]
lleva una vida despreocupada, tiene a los niños con ella, vive
en un barrio precioso de la ciudad y es libre para hacer con su
tiempo lo que disponga*».*

No le reconoce nada en absoluto: ni su depresión, que la
persigue desde que abandonó a Lieserl; ni su lucha por criar a
los niños, sobre todo al enfermizo Tete; ni sus esfuerzos por
trabajar y ganar dinero para complementar la pensión que él le
envía. Es como si, a base de palabras rudas, quisiese borrar
toda su vida de un plumazo.

Mileva cree que se trata de una nueva salida de tono debida
a la influencia de las mujeres que le rodean y que mañana mismo cambiará de opinión. Lo cierto es que, poco después de que
la ingresasen, Albert comunicó a Zangger que había renunciado temporalmente al divorcio. La separación de la familia también había tenido consecuencias para su salud. Quedó postra-
do en la cama por unos dolores de estómago y apenas se ha

recuperado. Mileva sabe que esto no es casualidad, pero Albert jamás se admitirá a sí mismo que el cuerpo humano puede reaccionar al sufrimiento. Aunque no sufra por la partida de Mileva, es infeliz por estar lejos de sus hijos. Les echa de menos, aunque no tenga tiempo para visitarles e insista en rehuir cualquier compromiso que le desvíe de sus investigaciones.

Mileva está ingresada de nuevo, ya ha perdido la cuenta de las veces. Últimamente vive entre el hospital y su casa, como si tuviese dos domicilios. Ahora está en el Bethanienheim. Se había recuperado después de que Albert renunciase al divorcio, pero... ¿cuánto tiempo duró esa renuncia? Apenas dos años. Entretanto, la batalla por la pensión no se ha apaciguado. Sólo se escriben para hablar de dinero. Cuando Albert ha considerado que Mileva estaba lo suficientemente recuperada como para aguantar el golpe, le ha vuelto a pedir el divorcio. En una carta enviada a Helena en la que le agradecía haberse hecho cargo de Tete mientras Mileva estaba en el hospital, le había explicado: «[...] *Para mí, separarme de Mica era una cuestión de vida o muerte. Nuestra vida en común se había vuelto imposible, incluso deprimente. Por qué, eso no puedo decirlo».** Pero, al mismo tiempo, en esa misma carta le confesaba: «*Ella es y siempre será una parte amputada de mí*». A Mileva le conmocionó esta frase que expresaba con precisión quirúrgica su propio sentido de pertenencia. Aún se siente parte de su vida, incluso aunque él la haya descrito como «*una persona física y psíquicamente inferior*».* Aún siente una terrible adicción a él. No obstante, le sorprende que, ya una vez separados, Albert reconozca con tanta franqueza que él también la siente como una parte suya. ¿Acaso esto significa que les unen en exceso el pasado y los hijos en común? ¿Que a él esta separación también le duele? ¿O bien puede escribir así sobre ella justamente porque, para Albert, su matrimonio ya ha quedado atrás?».

«*Una parte amputada de mí*».

«Me encantaría creer que es cierto», piensa Mileva en su cama de hospital. «Pero sus efusiones amorosas son volubles, igual que sus enfados, sus distanciamientos y su odio. Ni él ni yo nos podemos librar de estos sentimientos contradictorios y así será para siempre. Yo dependo de él más que él de mí, incluso más que los niños. Al fin y al cabo, ellos crecerán y harán su vida. Yo, me temo, dependeré cada vez más de Albert, porque nuestro pasado en común es lo único digno de recordar que ha habido en mi vida. Por eso me cuesta olvidarle».

Cae la tarde y la habitación está cada vez más oscura. Un frescor agradable acaricia el rostro de Mileva. Prueba a levantarse de la cama para sentarse. Su hermana la ayuda, porque ni siquiera es capaz de hacer eso sola.

Tampoco aquí, en el hospital, puede librarse de hacer cuentas. Pero ahora no son las matemáticas que la apasionaban, sino un farragoso sumar y restar, recalcular y repasar los gastos, porque tiene que pagar también su estancia. Le encantaría irse a casa, aunque fuese para ahorrarse estos gastos. Incluso contratar a una cuidadora le saldría más barato que quedarse aquí, donde tiene tranquilidad pero los médicos no saben cómo ayudarla.

Esta vez, a diferencia de hace dos años, no se trata del corazón. Ahora ha quedado paralizada de cintura para abajo. Ni siquiera puede tenerse en pie. Los médicos están desconcertados. Cuando les cuenta que, cada vez que se mueve, siente un dolor agudo en la espalda, le responden que no detectan ninguna causa física para ese dolor.

«Estoy rota», les dice Mileva. «Tengo la espalda rota».

«Me han roto Albert, Zorka y Tete, mis seres más próximos», piensa. «Me los he echado a la espalda hasta donde he podido. Ahora ya es demasiado. Esto es una derrota, una rendición. El cuerpo protesta, ya no puede soportar la carga. No puedo hacer nada contra él, contra mí misma». El doctor Stern, jefe del departamento, la observa con una suspicacia que ya ha percibido en otros médicos. «Señora Einstein», le dice. «Recomendaría que la visite un psiquiatra. Usted sabe que yo soy ortopeda y, desde la ortopedia, no podemos ayudarla. Existen indicios de que padece un trastorno psicológico» «Gracias», replica Mileva. «Eso también lo sabía yo sola». «No se trata sólo del sentimiento de vivir en un espacio ínfimo, como un agujero o una tumba. Lo peor es el peso que te agarrota la cabeza y las extremidades. La tumba está cavada en pleno barro, revolverse no sirve para nada. Sólo consigues seguir hundiéndote. Cada día te hundes un poco más y nunca tocas fondo». Por eso su enfermedad es extraña. Este «extrañamiento de la realidad» no tiene cura, ni tampoco fin.

Hace poco Mileva ha leído el ensayo *Duelo y melancolía* de Sigmund Freud, que la ha interesado muchísimo. Gracias al texto, ha comprendido lo que los médicos no le sabían explicar: que aquello que siente desde hace años, desde que murió Lieserl, no es un duelo corriente. Según Freud, el duelo es un proceso normal mediante el que la persona afectada vuelve a la realidad, mientras que la melancolía es un «extrañamiento de la realidad». Aún peor, es una atribución de la culpa a sí misma que hace que la persona se sienta aún menos valiosa. «La pérdida del objeto se transforma en pérdida del yo», escribe Freud.

«Al perder a Lieserl me perdí a mi misma. Al principio le echaba la culpa a Albert, pero con los años sólo me culpo a mí misma», piensa Mileva. «La culpa, mi culpa, me alejó de él y del resto de gente. Estoy vacía, dentro de mí no vive nada salvo el dolor. Me acechan las sombras del pasado. Incluso ahora me impiden levantarme y salir de este hospital en el que no pueden curar mi dolor, ni el que tengo en la espalda ni el que tengo en la mente. ¿Cómo puedo explicar a estos médicos que mi cuerpo no me obedece porque mi mente no se lo permite? ¿Tan difícil es entender que una persona es más que ese montón de huesos y músculos envueltos en piel que tienen delante?».

Al hospital le llegan rumores de que Albert va diciendo que está enferma de tuberculosis. Alguien le ha metido en la cabeza que Mileva tiene tuberculosis cerebral y Tete la ha heredado. Lo más fácil es atribuir su enfermedad a causas físicas. Si dice que tiene tuberculosis, sus estados de ánimo negativos se vuelven comprensibles. ¿Quién puede controlar una tuberculosis cerebral? Además, quién sabe qué es lo que puede provocar: la devastación del cerebro, la destrucción del individuo, imprevisibles ataques de ira o tristeza...

«Sí, estoy enferma, pero no de tuberculosis, sino de un incurable "extrañamiento de la realidad". Es una especie de tuberculosis del alma».

«El doctor Adolf Meyer de la clínica Burghölzli probablemente concluiría que sufro algo calamitoso, una depresión crónica. ¿Sabes qué significa eso? Entre otras cosas, que he perdido por completo la autoestima. Pero eso aún puedo afrontarlo. Lo que me supera es la culpa por la muerte de la pequeña Lieserl. ¿Crees que la olvidé hace tiempo? Pues no. Al contrario, incluso creo que cuanto más envejezco más pienso en ella. En cómo la abandoné y en que por eso ya no está viva. Mi enfermedad me impedirá volver a la vida normal. Por eso, créeme, a veces me gustaría estar enferma sólo "físicamente". En general, las enfermedades físicas sólo tienen síntomas físicos. Ves en ellas cambios y mejoras; hay medicinas, hay esperanza. Pueden resultar mortales, pero al mismo tiempo son visibles y comprensibles. Al contrario de esta mazmorra interior en la que vivo y que a ti, sobre todo a ti, te parece irreal e imposible de entender».

Cualquier enfermedad del cuerpo es más soportable que la de la mente. Mileva está convencida de ello incluso después del ataque al corazón que tuvo hace dos años. En parte es por Zorka, que ha pasado casi dos años en el sanatorio Burghölzli de Zúrich. Había venido a ayudarla con los niños mientras ella estaba en el hospital por el infarto, pero terminó en un centro para trastornados mentales. Hace poco que Mileva ha organizado su vuelta a Novi Sad y su ingreso allí. Miloš ya no puede costear la clínica de Zúrich. Si, al menos, la enfermedad de Zorka fuese física... Los trastornos mentales generan caos y desesperanza tanto en el enfermo como en quienes están a su alrededor. Sus padres están obligados a vivir con Zorka, que padece de esquizofrenia, según el diagnóstico que terminaron formulando en Zúrich. Tienen que aceptar que ella también es ese ser extraño, a veces violento, que aleja de ellos a su propia hija. Tienen que cuidarla, ayudarla, aceptar todos sus estados de ánimo. Mileva se asombra de la entereza con que afrontan la vida cotidiana. Aceptan la enfermedad de Zorka como una desgracia inevitable, igual que probablemente aceptarían que un incendio les quemase la casa. Y, lo que es más importante, no se culpan a sí mismos por esa enfermedad.

Claro está, Mileva se pregunta si las enfermedades mentales son hereditarias. ¿Las circunstancias influyen? ¿Y el carácter? Mileva no sabe de dónde proviene la enfermedad de Zorka. A veces su madre, entre susurros, habla de una pariente lejana por parte de la abuela que también era «rara». Esa clase de personas solían ser la vergüenza de la familia. Había que esconderlas de los demás, encerrarlas bajo llave en la casa, a veces incluso por su propia seguridad. ¿Eso es lo que ocurriría con su hermana enferma? ¿Alguna vez iba a volver a casa?

Mileva se acuerda de Zorka a la edad de Tete. Era nerviosa como él. En la escuela, los niños la maltrataban y Mileva cree que fue entonces cuando empezó a hablar con los animales de la granja: perros, gatos, conejos... conversaba con cualquier ser vivo, excepto con los humanos. Se distanció de sus padres al comprender que eran incapaces de defenderla del «enemigo» o los demonios invisibles, como les llamaba su madre. Zorka sólo confiaba en Mileva, en su hermana mayor. Cuando salía a pasear con ella o cuando Mileva la iba a buscar a la escuela, los niños no se atrevían ni siquiera a chistar y Zorka se sentía más segura.

Mileva piensa con inquietud en Tete. No se acuerda de que Zorka le había explicado que, cuando ella era una niña de su edad, oía sonidos y voces extraños. También las alucinaciones la despertaban en mitad de la noche, cosa que a Tete a veces le ocurre. A Mileva la atormentan las dudas sobre la salud mental de su hijo. Tiene miedo de no ser capaz de distinguir hasta qué punto Tete corre el riesgo de heredar la enfermedad que con certeza se encuentra presente en su familia y no sabe hasta qué punto dicho miedo se debe a su propia psicosis. ¿Quizá por su propia enfermedad ve síntomas que no existen? ¿Cómo puede estar segura de que Tete está psíquicamente sano?

Es cierto que, en ocasiones, Tete presenta síntomas inusuales y Mileva se lo esconde a Albert en su correspondencia. Se acuerda de que, en una carta a Helena, escribió, casi contra su propia voluntad: «Tete sufre unos dolores misteriosos en el oído». Esto la tenía muy asustada, pero no suele escribir sobre contrariedades. Procura no quejarse, al menos de forma tan directa. Se le hizo cuesta arriba reconocerle a su amiga que, a veces, su hijo tiene problemas. Pero, al ponerlo por escrito, Mileva se sintió un poco mejor, como si al cabo de largo tiempo hubiese confesado un crimen ante un tribunal.

Después de la primera vez que ocurrió, Mileva llevó a Tete a un médico. Todavía era un niño. «Señora Einstein, no veo motivos para que su hijo se queje de dolor. Según el examen de las orejas y el oído, todo está correcto». Con cautela, Mileva le reconoció al médico que tenía miedo de que se tratase de un tumor, pero él descartó con contundencia la hipótesis. «No, esos síntomas no se corresponden con ninguna clase de tumor conocido. ¿Quizá es que su Eduard tiene mucha imaginación? ¿Ha notado algo raro en su comportamiento? ¿Está demasiado inquieto? ¿Tiene pesadillas? ¿Ataques de cólera?».

No, Tete es un niño perfectamente normal. Alegre y sociable. Duerme bien, come bien. Tiene un apego un poco excesivo a su madre, es demasiado sensible. En Novi Sad, de donde es Mileva, dirían que es un niño mimado.

«Pero todo eso no tiene nada que ver con el dolor en el oído, ¿no?».

«No, claro que no», le respondió el médico.

¿O quizá sólo la quería consolar?

Por eso Mileva escribió a Helena que los dolores eran «misteriosos». El médico no acertaba a determinar su causa. Tete no sabe describir qué es lo que siente. Sólo dice: «Me duele», aunque quizá le estén zumbando o pitando los oídos. ¿Puede ser que tenga el oído hipersensible y le moleste el ruido? Teniendo en cuenta el estado de Zorka, sobre el que no ha dicho nada al pediatra, Mileva lleva ya un tiempo en guardia. Busca síntomas de la enfermedad en Tete y, al mismo tiempo, se siente desvalida. ¿Están justificados sus dudas y temores? ¿Debería escribir a Albert contándole sus miedos? Él también había sido un niño particular. No habló por primera vez hasta los dos años, sus padres creían que se había quedado retrasado. Y, cuando empezó a hablar, repetía las palabras y las frases como si las estuviese ensayando. En lugar de socializar con sus compañeros de clase, se divertía en solitario construyendo sus propios juguetes. Cuando Mileva le transmitió a Albert su preocupación por la hipersensibilidad de Tete en el oído, él ni siquiera le contestó. Quizá pensaría que exageraba. «Dramatizas», suele escribirle cuando Mileva se lamenta de sus problemas de salud. Está segura de que intentaría minimizar los problemas de oído de Tete.

Por otra parte, tras la marcha de Berlín, a Hans Albert le escribe cartas secas, de tono formal. Al mismo tiempo, a ambos niños les promete que irá a visitarles. Mileva sabe por qué durante un tiempo estuvo tan distante, y no sólo respecto a ella. Castigaba a los niños, les privaba de su atención y le echaba la culpa a Mileva. Sólo pensaba en el divorcio y en casarse con Elsa. Es cierto que no le resultaba fácil viajar desde Berlín, le falta tiempo. A Alemania la guerra la había afectado más que a Suiza, el marco había perdido valor y Albert ganaba demasiado poco como para mantener a una familia en Alemania y a otra en Suiza.

Para Mileva, que le pidiese el divorcio supuso la derrota definitiva. Durante mucho tiempo no fue capaz de aceptarlo y se negó a firmar el acuerdo oficial. Sólo con pensar en el divorcio –Zangger se lo mencionaba cada cierto tiempo, como si la estuviese tanteando– le empezaba a doler la cabeza. ¡Como a Tete el oído! ¿Quizá de esta forma Tete huye de la realidad? Cuando oye algo que no le gusta, se queja de dolor. ¿Podría ser?». Llega a una conclusión: «Tengo que hablar en serio con alguien».

«Huyo de Albert y del divorcio. A veces huyo de los niños y, por encima de todo, huyo de mí misma. Aunque no se pueda huir de la tristeza que llevo en mi interior, da igual como la llamen los médicos».

«Dentro de mí hay tres tristezas», recapitula Mileva. «La primera es Lieserl. Duerme dentro de mí como en aquel tiempo en que se mecía en mi vientre. Nunca más la abandonaré. La segunda es Albert. La tristeza que siento por él es distinta. Es una tristeza por la cercanía perdida, por el pasado. Y la tercera tristeza es Tete. Mi hijo pequeño, mi niño brillante. Es como si siguiese unido a mí por el cordón umbilical. ¿Quizá le he criado de tal forma que es demasiado dependiente de mí, como me reprocha Albert? ¿O nació así: un niño demasiado sensible, con un cuerpo frágil, que necesita una atención especial?».

Tres niños, tres partos, tres relaciones completamente distintas. «El primer parto fue el peor. Dicen que esos dolores se olvidan pronto. ¿Si no, acaso las mujeres darían a luz una vez tras otra? Yo no los he olvidado, quizá porque no he olvidado nada que tenga que ver con Lieserl. Cuando murió, mi dolor la mantenía viva, aunque fuese en el recuerdo. Ni siquiera podía hablar sobre ella con Albert. Cada vez que la mentaba, él creía que le estaba presionando para que me dejase ir a buscarla de una vez, así que me acostumbré a callarme. Ahora me parece que mi silencio fue como una traición. Si hubiese insistido en hablar de Lieserl, si ella hubiese podido venir con nosotros a Berna, quizá no se hubiese contagiado de la escarlatina y no hubiese muerto. Pero no tiene sentido pensar de esta manera sobre una niña que ya no está. Su llegada al mundo no fue fácil. "Tiene que habituarse enseguida a las dificultades", me escribió Albert. ¡Qué manera de confortarme! No tenía ni idea de lo que me estaba diciendo. ¿Cómo puede saber un hombre lo que es dar a luz? Horas y horas de esfuerzo. Primero los pinchazos suaves en el fondo del vientre. Una vez, de pequeña, me comí un hueso de ciruela. A mamá le entró pánico. "¿Sientes algo? ¿Algún pinchazo? ¿O un dolor? ¿Te duele el vientre? ¿Te encuentras mal?", me interrogaba. En mi comarca creen que los huesos de fruta pueden agujerear el intestino y entonces los niños mueren entre dolores terribles. Esos dolores son los que yo sentía, como si un hueso me hubiese perforado el intestino y me fuese a morir.

»Estaba tumbada en la cama, exhausta. Tras dos días de parto, no me quedaba ni un ápice de fuerza. Me acuerdo de que mamá discutía con Julka, nuestra sirvienta. Julka le decía: "Señora Marija, no deje que Mica sufra tanto. Que se levante de la cama y se ponga de cuclillas como las campesinas en el sembrado. Seguro que así el niño sale más fácil". Mamá le replicó, nerviosa: "Mica no es una campesina y los tiempos han cambiado. Estamos en el siglo XX. ¡En el siglo XX!". Pese al dolor, todavía recuerdo sus palabras. El orgullo con que las dijo y lo que significaban en aquel momento: "Mi hija estudia en Zúrich, es una de las primeras mujeres que estudian Física. Somos una familia progresista, confiamos en la ciencia. Ha llegado un nuevo tiempo". Llamó a la comadrona y sólo cuando esta dijo que, o hacía un esfuerzo o el bebé se asfixiaría, saqué fuerzas ni yo misma sé de dónde y Lieserl salió de mí.

»Cuando pienso que, ya al nacer, Lieserl estuvo en peligro, me parece que hubiese sido mejor que muriese en aquel momento. No por el parto en sí, sino porque vivió tan poco que detrás de ella sólo dejó dolor.

»Pero no pensaba eso la primera vez que la tuve en mis brazos. Cuando, tras el parto, el cuerpo aún te duele, pero sostienes un cuerpecito vivo y cálido, ocurre algo asombroso que está más allá de tu conciencia, de tu voluntad. Tu cuerpo simplemente reacciona de forma espontánea. El dolor se esfuma y lo único que sientes es la leche que rebosa en tus senos. Cuando el bebé acerca sus labios y esa leche brota, te llena un alivio impregnado de felicidad. Dicta a tu cuerpo cómo sentirse, te marca el ritmo. Necesitas tiempo para volver en ti misma».

«Yo jamás he vuelto del todo en mí», se dice Mileva, tumbada sola en la cama del hospital.

«Antes de nacer, Lieserl era mi hija y la de Albert. Sólo existía en mi vientre y en nuestras conversaciones y cartas, pero de alguna forma era de los dos, algo que nos unía. En el parto no existíamos más que yo y mi cuerpo, el cual se abría para traer al mundo un niño que también era parte de mí. Es extraño, pero desde entonces jamás la sentí como *nuestro* bebé. Lieserl era *mía*. Es más, cuando vi su carita arrugada y sus pelitos negros en la cabeza, no me importaba lo más mínimo quién fuese el padre. Pero eso no se lo reconocía a nadie, y mucho menos a Albert».

Mileva tiene muy claro que fue este sentimiento el motivo por el que luego asumió toda la responsabilidad por Lieserl. También por su muerte. Igual que por Tete y ese zumbar en sus oídos.

Hans Albert también vino al mundo como si se resistiese a hacerlo. La comadrona de Berna asistió con paciencia el parto y le explicó a Mileva todo lo que ocurría, sin saber que para ella no era la primera vez. Lieserl había muerto poco antes y Mileva guardaba el recuerdo de su primer parto bien presente en la memoria. Por eso le resultó incluso más difícil, en lugar de más fácil, dar a luz a Hans Albert. Le parecía que tres años eran demasiado poco tiempo para tener otro hijo, como si a través de él quisiese olvidar más fácilmente a Lieserl. Como si se pudiese reemplazar a un hijo por otro. No hay sustitución posible, cada hijo es tan distinto que, a veces, cuando contempla a sus dos pequeños, Mileva se pregunta cómo pueden haber venido de los mismos padres. ¿Quizá el bebé sentía su miedo, su resistencia inconsciente a dar a luz? Duró, se resistió, vaciló durante largo tiempo. «No es raro que un parto sea tan largo», le aseguraba la benévola comadrona. Al final tuvo que apoyarse en el vientre de Mileva y apretar con todo su peso para hacer salir al bebé. No habían elegido ningún nombre porque no sabían si iba a ser niño o niña. Pero, cuando Mileva vio a su primer hijo varón, le pareció tan semejante a su padre que decidió llamarle Albert. El pequeño Albert. Hans Albert.

«Cuando era pequeño le llamaba Adu. Mi Adu. Sólo mío. ¿Por qué he dejado de llamarle así?».

Tardó mucho en recuperarse. Y hubiese tardado mucho más si, junto a ella, no hubiese estado su madre. Marija sabía cómo había ido su primer parto, lo laborioso que había sido, en parte porque Mileva tenía «caderas flojas», como se solía decir. Así que no había razones para que el segundo parto fuese mejor. La madre de Mileva cuidó de Hans Albert durante los primeros meses, mientras ella se recuperaba. Albert estaba feliz y orgulloso, pero también un poco ausente. Quizá a causa de su madre, no estaba tan pendiente del niño como Mileva hubiese deseado. Era su hijo en común. Entonces Mileva se acordó de cuando, en una carta desde Novi Sad tras la muerte de Lieserl, le había anunciado que volvía a estar embarazada. Albert le respondió que para ella sería bueno tener un segundo hijo. Mileva sabía que era su forma de preocuparse por ella, pero le dolió que pensase que un segundo hijo pudiese servir para curar el dolor del primero. Como si un niño fuese una terapia medicinal, igual que pasar tiempo al aire libre o tomar baños de agua sulfurosa. No, ese hijo no había llegado al mundo como Lieserl. Lo único que les unía es que, tras el parto, Mileva había sentido lo mismo, que ambos eran «partes amputadas de mí».

Una vez recuperada, Mileva disfrutaba de su hijo bañándolo, dándole de comer y llevándolo de paseo. A veces pensaba que, sin saberlo, Albert había tenido razón. Hans Albert no podía sustituir a su pequeña, pero sí que le sirvió de alivio y ayuda. No se separaba de él. Lo tenía sólo para ella, junto a ella. Al principio, ni la propia Mileva podía creérselo, pero pasaba horas agarrando su manecita sólo para sentirla: viva y cálida, sin miedo ni angustia por lo que le pudiese ocurrir. Cuando lo tenía en brazos, le parecía recibir de él una energía vital que hasta entonces le había faltado. Mientras que el recuerdo de Lieserl le causaba pesadumbre, Adu la alegraba con sus sonrisas, su revolverse, su eructar satisfecho y sus arrullos. No era una lucha de igual a igual entre dos fuerzas dentro de ella, pero Hans Albert la obligaba a centrarse en la cotidianidad. Por fin tenía algo a lo que aferrarse. Aunque frágil y diminuto, Adu había sido su tabla de salvación.

Era como si Mileva y Hans Albert estuviesen solos en el mundo. Hasta que, seis años después, llegó Eduard.

Desde su nacimiento, Tete acaparó toda la atención de Mileva y le dejaba poco tiempo para los demás, incluido su hermano. El tercer parto tampoco resultó sencillo. De hecho, duró más que el de Hans Albert, según los médicos porque Mileva tenía problemas con las caderas y la pelvis demasiado estrecha. Incluso le costaba hacer algo tan básico como dar a luz.

Desde el primer minuto, Tete fue un bebé nervioso que requería atención. Por las noches sólo lograba conciliar el sueño si Mileva lo ponía junto a ella en la cama. A Albert eso no le gustaba, pero, cada vez que le devolvían a su camita, Tete se despertaba al momento. Mileva podía sentar a Hans Albert en cualquier lugar, darle un juguete y él se quedaba tranquilo. En cambio, Tete no paraba quieto ni un segundo. Había aprendido temprano a leer, pero le reclamaba a Mileva que leyesen juntos o que él le leyese a ella. Lo mismo ocurría con la música. A Tete le encantaba tocar el piano, pero Mileva tenía que estar junto a él. Necesitaba que le hiciesen caso. Mileva cumplía todos sus deseos, satisfacía todas sus exigencias, le dedicaba todo el tiempo del que disponía. A Tete ni siquiera le pasaba por la cabeza que su madre pudiese rechazarle y ella ya tampoco sabía cómo decirle «no». Lo más sencillo era mimarle y consentirle. Era un pequeño dictador.

Mileva estaba convencida de que, como Tete crecía sin padre, su apoyo aún le hacía más falta. Sobre todo teniendo en cuenta que, más adelante, en sus escasas cartas, Albert le solía hacer de menos. Cada palabra de Albert, cada elogio o regañina, tenía para Tete un peso distinto, mayor, que los de Mileva. La aprobación de mamá se daba por supuesta, la de papá había que ganársela. Tete se sentía frustrado si, según los criterios de Albert, no había hecho algo lo suficientemente bien.

Tete había crecido entre un padre inalcanzable y una madre acrítica. Mileva se preguntaba hasta qué punto esto podía haber influido en su sensibilidad y su «disposición nerviosa», como se referían los médicos a su comportamiento. No resulta fácil detectar los cambios en la conducta de alguien cuando vives con él día a día. Los procederes más extraños terminan pareciendo normales. Por eso quizá sea más fácil notar los actos que se salen de lo habitual en las situaciones extraordinarias, como por ejemplo en las fiestas o al ir de visita.

Mileva ingresó en el hospital Bethanienheim por unos dolores de espalda que la dejaron postrada en la cama. Como ocurrió antes en el Theodosianum, los médicos han estado buscando la causa sin éxito. El más viejo de ellos cree que una vértebra ha contusionado el nervio, mientras que el más joven se ha atrevido a sugerir que los dolores tienen una raíz psicosomática. Se sabe que las teorías de Freud circulan entre los médicos suizos. Pero jamás nadie, al menos frente a Mileva, había osado emitir este diagnóstico, aunque ella cree que los doctores ya habían tenido ese mismo debate a puerta cerrada.

Tras cierto tiempo de hospital en hospital, a Mileva han dejado de interesarle las conjeturas de los médicos sobre las causas de sus misteriosas parálisis, porque sabe mejor que nadie que están en su interior: en su mente, en su vivencia del mundo, en su pasado y en sus traumas. No tiene sentido hablar sobre psiquiatría con internistas, ortopedas o cardiólogos. Ya hace tiempo que aprendió a mantener por su cuenta un precario equilibrio entre las circunstancias externas de su vida y la forma en que siente el mundo dentro de sí. A duras penas logra resistir los embates de una enfermedad de nombre cambiante, una melancolía que, en su interior, se transforma en una bestia correosa de dientes afilados. Vive en su pecho, cerca del corazón. Descansa en su escondrijo, pero Mileva sabe que está al acecho. Y que, cuando siente su fragilidad, cuando nota que se halla al límite de sus fuerzas, entonces lanza su ataque. Como un mapache sanguinario o una rata hambrienta, la bestia la desgarra por dentro y devora su carne para salir de la jaula de su cuerpo. Mileva no quiere contarle esto a nadie. No quiere describir a los médicos cómo se siente para que no crean que ha enloquecido por completo.

Pero, mucho más que su estado físico, a Mileva le ha empezado a preocupar la salud de Tete, sobre todo su tendencia a la bronquitis y las inflamaciones de pulmón. Por eso, cuando Tete sufrió una bronquitis aguda, la tranquilizó que le ingresasen junto a ella. Pasaron tres meses compartiendo habitación en el hospital. Quizá no fuese una buena idea. Podría haberlo mandado ingresar en otro hospital, más teniendo en cuenta que, en los sanatorios y balnearios para niños donde había tenido que quedarse, siempre habían elogiado su buena conducta. Pero así le tenía cerca. Mileva pasaba miedo por Tete no sólo a causa de la inflamación pulmonar, sino porque lo dejaba mucho tiempo solo. «Mejor que esté junto a mí aunque me ponga enferma», había razonado. A veces tenía la impresión de que dependía más ella de él que al revés: mejor que estuviese cerca. Sin Tete, Mileva se quedaría sin apoyo, sin alguien a quien agarrarse mientras cuelga sobre el abismo de su propia desesperación.

Tete pasó varios días con fiebre alta. Por las noches, Mileva contenía el aliento para escuchar su débil respiración. Sólo le importaba que siguiese respirando, que estuviese vivo, que existiese. Su respiración era lo más valioso del mundo. Esa respiración como una nubecilla, ligera y transparente, mantenía en vida no sólo a Tete, sino también a ella. No hay peor miedo e incertidumbre que escuchar cómo respira un niño enfermo. En aquellos momentos, los dos estaban solos en el mundo; el miedo que sentía Mileva los convertía en uno sólo. No existían ni Albert, ni Hans Albert, ni los padres de Mileva ni los médicos. Sólo ellos dos, hechos uno. No podía imaginar a Tete como una persona separada de ella. Todo aquello de él que a los demás les parecía extraño o preocupante, Mileva ni siquiera lo veía. No se podía arriesgar a tomar la distancia física o psíquica de Tete necesaria para percibirlo. En su inconsciente, que ella se alejase podía hacerle morir, como le había ocurrido a Lieserl.

Nunca, nunca volvería a dejar a cargo de los demás un niño indefenso, ni siquiera a sus propios padres.

Poco a poco, Mileva fue cobrando conciencia de que, en cierto sentido, Tete estaba pagando su abandono de Lieserl. Pero sentía que el motivo no era sólo su mala salud, sino también que fuese distinto a los otros niños. «Tiene algo en su interior que lo hace más frágil, más vulnerable. Necesita protección y siempre le hará falta mi ayuda».

Mileva se acuerda de lo duro que fue para ella escuchar a Julka, la hija de Helena, contarle que, cuando ella había ingresado por el infarto y Tete se quedó en su casa de Lausana, vivía aislado del resto de niños. Le evitaban porque no le entendían. «No sabía que aún balbucease», le escribió Helena. Era cierto: incluso con seis años, incluso entre conocidos, a veces se confundía y empezaba a balbucear, o pronunciaba palabras que se había inventado. Los otros niños también balbucean a veces, pero a esa edad ya están aprendiendo a hablar con fluidez. «Tampoco es un defecto tan terrible», se consolaba Mileva. Su Tete no era distinto por eso. Pero la realidad era que los niños le evitaban justamente por esa extraña forma suya de expresarse.

«Como a mí y a Zorka por la cojera... Por eso me dolió tanto cuando me contaron eso de Tete. Sé cómo te sientes cuando crees que eres como los demás, que formas parte del grupo, pero no te aceptan, te dan la espalda, se ríen de ti. Notas que te van a saltar las lágrimas y, aunque seas un niño, sabes que tienes que tragártelas para que no se rían todavía más».

Vuelve a pensar en Zorka y en sus padres, que conviven con su grave enfermedad mental. ¿Cómo se han hecho a la idea de que Zorka deba pasar tanto tiempo encerrada en el manicomio? Ahora está en un hospital psiquiátrico de Novi Sad. A veces la dejan marcharse a casa, hasta que vuelve a ponerse violenta y su padre la lleva de nuevo al hospital. Igual que Mileva, ingresa una y otra vez por motivos psíquicos. Sólo que, en su caso, la enfermedad se manifiesta de otra forma: las piernas dejan de obedecerla.

Zorka es siete años más joven que ella. Cuando Mileva se fue a Suiza para estudiar, todavía era una niña. Le gustaban los animales. Uno de los recuerdos más vivos que se llevó al irse de casa fue la estampa de Zorka y su perro. Tenían un viejo perro mestizo llamado Žućo, que estaba muy unido a ella. Cuando era muy pequeña y ya cojeaba, Zorka se apoyaba en él para caminar. «¡Cómo se le habrá ocurrido!», se reía su padre. El día en que Žućo murió, Zorka se negaba a separarse de él. «Levántate, Žućo, vámonos de paseo», le decía. No lloraba. Mileva recuerda su extrañeza al ver que la niña, en lugar de llorar, se quedaba sentada junto al perro, inmóvil y mirando hacia un punto fijo. Permaneció así hasta que su padre la cogió en brazos, extenuada de la tristeza.

En una fotografía del tiempo en que Mileva estudiaba aparecen los tres pequeños Marić. Zorka se le arrima e inclina hacia ella la cabeza como si le estuviese implorando protección. Está en primer plano con un rostro perplejo, quizá interrogativo. Tiene las cejas levantadas y la boca arqueada hacia abajo. Da la impresión de no haber visto jamás una cámara o de no ser consciente de que la están fotografiando. El fotógrafo, escondido bajo la tela negra, le indicó varias veces que sonriese, pero era como si Zorka no le hubiese oído. ¿La desconcertaba el procedimiento para tomar una fotografía? ¿O quizá se había asustado? Como no sonreía, al final su cara quedó como si fuese un pegote recortado de otra foto. Al contemplar esa imagen, la mirada se centra enseguida en la cara de Zorka. Sus hermanos –Mileva, con el pelo recogido en un moño, la frente alta y una sonrisa leve; Miloš, con una expresión infantil y las orejas un poco salidas– pasan desapercibidos.

A sus padres no les gustó cómo había quedado la fotografía. Querían que los niños posasen de nuevo, pero Zorka se negó. En la vida, como en esa imagen, siempre ha sido una persona aislada y extraña. Mileva se llevó la fotografía a Zúrich porque mostraba el verdadero rostro de su hermana, en el que se esbozaba su falta de pertenencia al mundo en que vivía, su inadaptación.

Aunque, en realidad, «inadaptación» no es la palabra adecuada para describir lo que le ocurre a Zorka.

Igual que Tete, al principio Zorka era capaz de engañar a quien la observaba. Cuando Mileva ingresó en el hospital por primera vez tras el infarto, Zorka acudió a Zúrich para echarle una mano. Se matriculó en la carrera de Biología para lograr el estatus de universitaria y cuidó de Hans Albert, mientras Tete se iba a Lausana con Helena. Zorka cocinaba y llevaba la casa. Con Hans Albert se entendía bien, porque ambos eran introvertidos. Se relacionaba con sus compañeras de estudios, tenía vida social y parecía satisfecha. A Mileva le parecía que incluso se había puesto más guapa, porque aquella expresión rara y ceñuda había desaparecido de su rostro. Hans Albert le contó que un joven atractivo acompañaba a Zorka hasta su casa. ¿Fue el trato con este joven lo que le hizo perder su equilibrio interno? Mileva no quería acusarle, porque él no podía conocer la enfermedad de Zorka, pero sospechaba que las emociones, aunque fuesen positivas, la podían haber alterado más de la cuenta. Sabía que Zorka apenas soportaba la más mínima presión. Cuando los estudios universitarios, las tareas del hogar y esa amistad incipiente —es probable que también la preocupación por la enfermedad de Mileva— se convirtieron en una carga demasiado onerosa, comenzaron sus tribulaciones.

Ese invierno, Zorka terminó ingresada en la clínica psiquiátrica de Burghölzli. Al visitarla, Mileva apenas reconoció a su hermana en aquella criatura escuálida y taciturna de mirada ausente. La pena que sintió entonces se sumó a la que ya llevaba dentro por haber perdido a su hija. «Las penas se suman, como si fuesen matemáticas», pensó con amargura.

Desde entonces, Zorka pasó a ser responsabilidad no sólo de sus padres, sino también suya. Mileva la visitaba, hablaba con los doctores, suplicaba a Albert que le enviase más dinero. La enfermedad es cara y, sumados, el hospital de Tete, el suyo y el de Zorka tenían un coste. La reacción de Albert fue enfadarse: atacó a Mileva y se quejó de ella a sus amigos, como si la enfermedad de Zorka fuese culpa suya. Cuando algo le daba miedo, se comportaba como alguien que ha perdido la cabeza.

La enfermedad de Zorka no le preocupaba por Zorka en sí, por Mileva o por sus padres. Ni siquiera Albert podía evitar pensar en Tete y preguntarse qué iba a ocurrir con él. ¿Quizá los síntomas que muestra –desde la hipersensibilidad hasta la agresión explícita– podían estar relacionados con la enfermedad de Zorka? Además de preocuparse por esa hipótesis, Albert le había reprochado a Mileva que consintiese en exceso a Tete hasta convertirlo en un niño mimado. Ella ni siquiera intentó defenderse, convencida de que era la manera que tenía Albert de plantearse la posibilidad de que su hijo fuese un enfermo mental. Según la situación, oscilaba entre dos ideas contrapuestas, a veces durante el mismo día. «*He tenido hijos con una persona física y moralmente inferior, así que no puedo quejarme si ellos también resultan ser así*».* La primera vez que Mileva fue hospitalizada y Tete sufrió una inflamación pulmonar, escribió a sus amigos diciendo que el niño era tan enfermizo que quizá lo mejor sería que muriese.

«Claro que conocía esas cartas. Nuestros amigos, sobre todo los Zangger, se enojaron muchísimo con él. No sé si Albert realmente pensaba eso y luego lo puso por escrito, pero creo que sólo pudo expresar algo así como consecuencia de un ataque de ira momentáneo e incontenible. Porque luego siguió ayudando. Además, consideró la opción de que Hans Albert se fuese a vivir con él, y Tete con su hermana Maja y su esposo, que no tenían hijos. Al final el plan quedó en nada, pero su preocupación era sincera. Sólo que a veces la manifestaba de una forma particular».

Mileva se acostumbró a este género de reacciones y por eso defendía a Albert ante sus amigos, incluso cuando era ella misma quien había empezado a atacarle. Más allá de lo que le escribiese o dijese, sabía que lo estaba pasando mal. Ella misma convivía con los presentimientos más aciagos. Cada día escrutaba los cambios en la conducta de Tete y preguntaba a los amigos que la venían a ver si habían notado alguno. En general, Tete se comportaba con corrección. Hacía gracias, recitaba aforismos de su autoría o contaba el argumento de un libro que acababa de leer. Mileva sabía exactamente cuándo se había sobreexcitado, porque le entraba una verborrea que resultaba difícil parar. Incluso se enfadaba con quien le hubiese interrumpido. Exigía atención, la de todos, y hacía como si las visitas no hubiesen venido por Mileva, sino por él. Otras veces se iba al extremo contrario: se encerraba en su habitación y no quería salir ni siquiera para saludar como correspondía a viejos amigos como Lisbeth Hurwitz. Ante estas situaciones, Mileva solía hacer un gesto con la mano quitándoles importancia. Al fin y al cabo, todavía era un niño.

Sin embargo, en el fondo de sí misma, Mileva sentía que el problema no era sólo que Tete fuese un consentido ni que ella tuviese una necesidad exagerada de protegerlo. Y eso la sumía en una desesperación aún mayor. En la cómoda del salón de su casa guarda una fotografía suya con los niños, tomada en Berlín antes de irse del apartamento. Todavía llevan ropa de verano: ella, una blusa blanca; Tete y Hans Albert, camisas marineras a rayas hechas de tela fina. Se acuerda de haber acariciado el cabello de Tete, empapado en sudor. Quería cortárselo, pero él no se dejaba. No soporta que le corten el pelo. En los últimos tiempos contempla cada vez más esa imagen, aunque Tete está siempre junto a ella. Mileva le observa mientras hace cualquier cosa, mientras está sentado o lee. Pero no puede decir que le vea.

¿Por qué, en la fotografía, sus cabezas están tan cerca la una de la otra? Tete se inclinó para apoyar la cabeza en sus mejillas. «Jamás nos hemos separado», piensa Mileva. A diferencia de Tete, Hans Albert está de pie más atrás, ausente y algo preocupado. En esta imagen, se parece tanto a Albert que, a Mileva, la contemplación de su rostro le causa un dolor físico.

En la fotografía se puede ver con claridad lo mismo que cuando los dos se ponen de pie frente al espejo: hasta qué punto ella y Tete se parecen. No sólo por los ojos, la nariz, la boca y la barbilla un poco prominente, sino también por la expresión facial. El gesto de Tete es lo que más le extraña. Es serio, como si imitase a su madre. No es la expresión de un niño de cuatro años. Mileva mira de frente a la cámara, está seria. En general, casi nunca sonríe. Tete es su contrario. Hay que atraparlo, calmarlo, conseguir que se centre en algo para poder fotografiarle. No sabe posar. ¿De dónde viene esa sombra de circunspección apenas visible pero real? ¿O quizá sólo son figuraciones de Mileva? Si es así, entonces... ¿qué está viendo Mileva? ¿Acaso está viendo fantasmas?

La sombra que Mileva percibe en el rostro de Tete le hace sospechar. No, no se parece a Lieserl. De ella, recuerda sobre todo sus ojos negros, semejantes a los de Albert. Intenta no pensar en ellos deliberadamente, ya que de todas maneras le vienen solos a la memoria. La cara de Tete le recuerda a la de Zorka. Cuando era pequeña y estaba jugando, de repente se ponía muy seria, quizá porque había visto u oído algo que le llamaba la atención. Entonces, de golpe, se quedaba quieta y permanecía así unos instantes. O quizá su comportamiento no tenía nada que ver con el mundo exterior. ¿Puede ser que se hubiese concentrado en una imagen o un sentimiento internos? Cuando eso ocurría, a Mileva le recordaba a una muñeca autómata. Su padre preguntaba a Zorka: «¿Por qué te has quedado petrificada?». Entonces aún no sabían que estaba enferma, ni que su enfermedad se agravaría tanto que, cada cierto tiempo, iban a tener que apartarla del mundo para ingresarla en un sanatorio.

«¿Por qué cuando Tete era sólo un niño ya intuí en sus ojos la enfermedad de Zorka? ¿Fue por miedo a que la enfermedad mental fuese contagiosa? Se estremece de sus propios pensamientos. A veces, cuando Tete aún era pequeño, daba la vuelta a la fotografía y la ponía mirando hacia la pared para no verla. Y la propia enfermedad que Mileva sufre desde hace ya mucho, ¿ha contribuido a que Tete empeore? Al fin y al cabo, Mileva pasa mucho tiempo entre hospitales y son otros quienes se ocupan de él.

«A veces siento que no soy lo bastante fuerte como para que Tete se apoye en mí, pero también sé que no tengo derecho a ser débil. Lo más sencillo es soltar lastre y desentenderse, como hizo Albert». «No puedo llegar a él. No me oye, Mica», se le queja a veces. «Claro, piensa en el Tete de antes, en el que conocía, en el niño sabelotodo que tocaba el piano a la perfección. Pues sigue tocando. Esa persona es nuestro hijo incluso cuando está perdido, fuera de sí. Es sobre todo entonces cuando alguien tiene que ayudarle. No puede quedarse encerrado en sus pensamientos y emociones. No puedes apartarle de ti con tus maneras hoscas, Albert. No le digas que se está haciendo el interesante. No le critiques», le regaña. Es lo máximo que puede hacer.

Sus padres viven con Zorka, quien, cada vez que la dejan volver a casa, se instala en el establo con las vacas, las gallinas, los gatos, los perros... Tete oye a lobos aullar en su cabeza, voces que le ordenan lo que tiene que hacer. Necesita alguien del mundo exterior en quien pueda depositar su confianza, y no tiene a nadie salvo a ella.

En el balcón

1925

Por fin Mileva vive en un apartamento propio, parte de una villa situada en el número 62 de la calle Huttenstrasse. No hace mucho que se ha mudado con los niños a este piso en la cuarta planta de un edificio estilo Secesión. Lo ha comprado entero con la suma que Albert obtuvo al recibir el premio Nobel, un dinero que Mileva recibió tal como estipulaban los acuerdos de divorcio. Los pisos del resto de plantas los alquila. Al cabo de dos años de hospitales, poco a poco se va recuperando y ya se encuentra mucho mejor. Camina poco a poco, arrastrando la pierna más que antes, pero camina. Encontró fuerzas para visitar casas y pisos hasta dar con esta villa sobre una colina desde la que se ven la ciudad, el río, las montañas al fondo... y el cielo. Desde el balcón no hay nada que limite la vista de su espacio infinito. Lo que más le gusta a Mileva del cielo es que cambia sin cesar. Es como si estuviese sentada ante un gran lienzo de un maestro paisajista y siempre la sorprendiesen los cuadros que va pintando. Si se queda sentada suficiente tiempo mientras contempla el horizonte, en el cielo reconoce todos sus estados de ánimo: de los más oscuros como las nubes densas a los más dramáticos, como las rojas puestas de sol; de los amaneceres adormilados y pálidos al gris de las tardes lluviosas. La costumbre de mirar el cielo le ha quedado del tiempo que pasó junto a Albert, porque a ambos les encantaba.

La diferencia es que, ahora, ya no se hace preguntas sobre el universo.

Está en el balcón, en el sillón donde pasa buena parte del día ensimismada en sus reflexiones. Aquí también tiene espacio para los estantes con cactus. Los hay de muchos tipos, incluso algunos que Albert le trajo de Brasil. A Mileva le gustan los cactus, quizá porque no exigen demasiada atención. Y porque se protegen con sus pinchos. Se siente más segura y calmada que nunca. La relación entre ella y Albert por fin ha mejorado.

Pese a todo, a veces él aún consigue alterarla. ¿Cómo le pudo escribir que quería casarse con Elsa porque está enfermo y Elsa es quien lo va a cuidar? Vivían juntos, no les hacía falta ningún certificado para que ella le cuidase. «Elsa me ha devuelto la vida», le argumentó. Mileva era consciente de que esa convicción estaba en el origen de su renovada insistencia en el divorcio. Elsa le preparó una dieta sana, eso era todo. De hecho, ni siquiera cocinaba ella, sino la sirvienta a la que Elsa contrató nada más tener acceso al dinero de Albert. Tras recuperarse de su enfermedad, Albert estaba tan feliz y agradecido que habría sido fácil convencerle de intentar arrancarle otra vez el divorcio a Mileva. Después de su estancia en varios hospitales, Mileva ya no tenía fuerzas para pelearse con él. «No seré más un obstáculo para que te cases con Elsa», le respondió. Al fin, en enero de 1919, firmó el acuerdo de divorcio. Albert no esperó mucho y esa misma primavera hizo realidad el deseo de Elsa de convertirse en su esposa legítima.

Tras cuatro años de peleas y enfermedades, para Mileva había dejado de tener sentido resistir. El asedio de Albert había terminado por hundirla física y psíquicamente. De esta forma, la pequeña guerra privada que mantenía con él concluyó al mismo tiempo que la Gran Guerra en Europa. Mileva intentó ver su debacle desde esta perspectiva.

Se dijo que su sufrimiento y capitulación no eran nada comparados con los casi diez millones de muertos y veinte millones de heridos en la guerra. Toda Europa se había convertido en un matadero. ¿Por qué ella y su familia iban a salir indemnes? Su hermano había desaparecido en el caos bélico, en algún lugar de Rusia; su hermana estaba recluida en un psiquiátrico; su esposo se había vuelto a casar; su hijo menor había enfermado, y ella estaba agotada de preocuparse siempre por el dinero. Ha cedido. Ha abandonado la batalla.

Como Albert, Mileva creía que toda guerra es un horror que no trae a nadie –tampoco a ella– nada que no sean infortunios. Con todo, esta guerra a él no le había trastocado la vida. Mileva no le discutía su compromiso, la firma de manifiestos, sus campañas antibélicas, pero el precio que había pagado por todo eso era bajo. Se había ocupado de sus investigaciones, había tocado el violín, había estado entre amigos... Berlín estaba lo bastante lejos del frente como para ser pacifista.

Al término de su guerra privada con Albert, Mileva firmó el acuerdo de divorcio y enseguida tuvo que ser ingresada en el hospital. Allí pasó dos años postrada en cama, paralizada por motivos que los médicos no lograron averiguar. Sin diagnosis.

Ahora tiene un edificio cuyos apartamentos pone en alquiler y, además, recibe de Albert una pensión de 9.000 marcos para los niños, en lugar de 6.000 como antes. Tiene el dinero del premio Nobel ingresado en el banco y es libre para hacer lo que quiera con los intereses. Si quiere utilizar el principal, tiene que consultar con su exmarido. A solicitud de Mileva, Albert ha transferido a Suiza el dinero que tenía ingresado en un banco americano.

Sentada en su balcón, Mileva siente que el divorcio, los infartos, la parálisis y la boda de Albert han quedado atrás. Palpa las volutas de la valla hecha con hierro forjado. Tiene esa costumbre, le gusta el tacto del hierro. Le da la sensación de estar por fin en casa. Una valla es más sólida que unas sábanas, un papel, una taza... los objetos cotidianos a los que suele aferrarse para no caer en la desesperación.

Cuando, a finales de 1919, firmó con Albert el acuerdo de divorcio, le pareció que él se comportaba de manera un poco extraña. Le prometía un dinero que en aquel momento no tenía y ni siquiera estaba claro que jamás fuese a tener. Mileva sabía que, pese a percibir un buen sueldo, Albert vivía sin ahorros. Elsa no era precisamente la austeridad encarnada y a Mileva le parecía que gastaba adrede tanto como podía en cosas absurdas e innecesarias –ropa para ella y sus hijas– de forma que quedase lo menos posible para los niños. En cambio, Mileva tenía que suplicar cualquier marco adicional que necesitase para hacer regalos de cumpleaños a los chicos o llevarlos de excursión. Sus cartas se reducían a mendigar y las de Albert, a justificar por qué le negaba el dinero.

«Te lo pido, lo necesito para pagar el hospital de Tete y comprarle libros a Hans Albert».

«¡Tú te crees que yo tengo un banco! ¿Alguna vez te has planteado cómo estoy? A ver si gastas un poco menos».

Pero Mileva ya no se sentía humillada por sus respuestas, con frecuencia desagradables. Apenas sentía nada, salvo la preocupación de cualquier madre que lucha porque sus hijos no sufran la escasez. Daba clases particulares siempre que podía, cuando no estaba en el hospital. En un momento dado, Albert le propuso que se trasladase con los niños a Konstanz, en Alemania, porque le resultaría más fácil y barato mantenerles allí, al no perder dinero en el cambio entre marcos y francos suizos. Mileva no quería discusiones, pero que gracias a esta hipotética mudanza Albert pudiese ahorrar no le parecía motivo suficiente como para acceder a su propuesta. Sólo le respondió que ya había comprado patatas y carbón para pasar el invierno.

Más tarde, Mileva comprendió que no había tenido razón y que Albert estaba desesperado, puesto que, durante un tiempo tras la guerra, sus transferencias perdían hasta el treinta por ciento de su valor con el cambio de divisas. Le había propuesto que se mudasen por pura desesperación. No tenía dinero suficiente para todo. En Berlín mantenía a Elsa, su hija y su sirvienta en un piso de seis habitaciones; en Zúrich, a Mileva y los niños. Completaba su salario con las conferencias que a veces dictaba y con premios. Sólo podía contar con lo que ganase. No tenía ninguna herencia de su familia ni nada de lo que echar mano en caso de necesidad. Cualquier situación extraordinaria, cualquier ingreso en el hospital, le colocaría al borde de la catástrofe financiera. Era cierto que, desde hacía varios años, tanto en los círculos científicos como en la Academia Sueca se comentaba que Albert era un buen candidato al premio Nobel de Física, pero a Mileva contar con ese dinero le parecía tan seguro como que le tocase la lotería. Las teorías de Albert no habían sido aceptadas de forma unánime entre sus colegas, él como persona tampoco resultaba popular y había muchos otros factores que tener en cuenta, incluidos los políticos. Aunque no se declarase como judío, para los demás sí lo era. Cuando puso el dinero del Nobel en el acuerdo de divorcio, a Mileva le dio pena. ¿Qué tenía ese hombre aparte de su talento, su mente genial y su sueldo de profesor? Aunque contar con el dinero del Nobel era una especulación pura y dura, aceptó la cláusula. Sobre todo para demostrarle que creía en su genialidad. Pero también porque Albert no tenía nada más que ofrecerle.

Dos años después del divorcio, Albert ganó el premio Nobel. Sin embargo, este gran reconocimiento no le trajo satisfacción porque, al proclamarle como vencedor, la Academia Sueca no mencionó su teoría de la relatividad. En concreto, el comité indicó que se le otorgaba el premio por sus contribuciones «*a la física teórica, en especial por el descubrimiento de las leyes del efecto fotoeléctrico*».* Aunque las mediciones de Arthur Eddington durante un eclipse de sol en 1919 habían confirmado la teoría de la relatividad desarrollada por Albert, la Academia no lo había tenido en cuenta. Albert se ofendió tanto que ni siquiera acudió a recoger el premio.

Por este motivo, Mileva ni siquiera le felicitó. Más adelante, cuando le escribió que, pese al motivo oficial, no era precisamente una nimiedad ganar el premio Nobel, Albert sólo le respondió. «¿Por qué me felicitas? Si no han entendido nada. Tú misma has visto lo confusa que es su justificación». Eso a Mileva le hizo pensar en una carta que ella había enviado a Helena mucho antes, en la que preveía la fama que Albert iba a alcanzar:

«Hace poco hemos terminado un trabajo muy valioso que hará famoso a mi marido en todo el mundo.» *

«Entonces todavía éramos uno sólo», piensa abatida. Por eso la frase aludía a un «nosotros». Aunque trabajaban juntos en las teorías de Albert, pronto Mileva fue consciente de que los méritos se le atribuirían exclusivamente a él. Por entonces Mileva, sin licenciatura y con un niño pequeño, ya había renunciado a toda ambición científica. ¿Acaso tenía que firmar también ella los trabajos? Sin haberse licenciado, sin posibilidad de obtener un título académico, no tenía ningún sentido que firmase junto a Albert como reconocimiento a su colaboración. Albert no podía arriesgarse a que sus colegas se riesen de él porque su mujer firmaba los trabajos en calidad de colaboradora experta. Tampoco los había firmado Michele Besso, pero a él Albert le había dado las gracias en público. En aquel tiempo, a Mileva lo único que le importaba era que Albert publicase sus textos en revistas científicas de prestigio y fuese acumulando referencias para desarrollar una carrera académica que no lograba consolidar.

Luego llegaron a sus oídos las maledicencias según las que, con el dinero del premio Nobel, Albert había «pagado» la aportación de Mileva a sus descubrimientos. Ella no esperaba ningún tipo de agradecimiento ni pago. Estaba convencida de que su ayuda y contribución se daban por supuestos en un matrimonio formado por dos personas que se dedicaban a la misma disciplina.

«¿Cómo podría cobrarme en dinero esas conversaciones interminables, las explicaciones de libros e ideas, las comprobaciones matemáticas, los cientos de páginas escritas, las noches sin dormir? No quise nada para mí. Si lo hubiese querido, hubiese escrito textos yo sola y hubiese seguido investigando. Pero sin título no podía trabajar. La realidad es que, cuando murió Lieserl, me hundí psíquicamente y dejaron de importarme tanto el reconocimiento como mi carrera».

Mileva tampoco entendía el dinero del premio Nobel que ahora le correspondía según el acuerdo de divorcio como una compensación por los sinsabores que le había causado Albert, ni tampoco como una especie de indemnización. Cuando firmaron el acuerdo, la promesa de que Mileva iba a quedarse con el dinero del premio era eso, una simple promesa, pero en ella vio algo más: el deseo sincero de Albert de asegurar el futuro de sus hijos. No tenía ni la voluntad ni la oportunidad de participar en su educación, en parte por sus malas relaciones con Mileva. A veces colaboraban y tomaban decisiones juntos, pero otras entre ellos reinaba durante meses un silencio glacial. Albert le entregó el dinero del premio porque sabía que nadie iba a cuidar como ella del bien de los niños. Respecto a eso le tenía plena confianza.

Por eso ahora, sentada en el balcón, por fin siente mayor amor propio que antes. Sí, realmente hay épocas en las que soporta mejor la realidad. No obstante, sólo puede aspirar a soportarla, no a disfrutar de ella. Ni siquiera escuchar a Tete tocando el piano para alegrarla le saca más que una sonrisa triste. Varias veces Tete había anunciado que interpretaría una sonata de Mozart o alguna obra para piano de Schubert –los compositores predilectos de Albert–, pero lo que siguió no fue la ejecución de un estudiante con talento, sino mero ruido, el que hace el piano cuando lo aporrea alguien que no sabe tocar. La primera vez que sucedió, Mileva no podía creer que Tete estuviese generando todo ese alboroto en serio. Para detenerle, cerró la tapa del piano.

«Tete, por Dios, ¿qué te ocurre? ¿Qué haces? ¿Qué es este maltratar el piano sin ton ni son?», le gritó enfadada.

«Mamá, es la música que suena en mi cabeza. ¿No te gusta?», se defendió Tete.

¿Qué le podía responder? Era su madre. Con el caos que habitaba en su mente podía vivir o no vivir, aceptarlo o no, sin término medio. Mileva no podía oponerse por la fuerza a esos sonidos que Tete llamaba «la música de mi cabeza». La primera vez, cuando le dijo que no le gustaba esa música suya, se levantó ofendido para encerrarse en su habitación. La segunda vez que entró en ese trance, la vecina de arriba llamó a la puerta y pidió a Mileva que hiciese algo porque su niño no lograba dormirse. El comportamiento de Tete molesta cada vez con más frecuencia a los inquilinos. Aporrea el piano, grita a todo pulmón cuando tiene pesadillas y da puñetazos contra la puerta de la habitación hasta que Mileva no tiene otra alternativa que encerrarlo bajo llave. A veces se pone muy violento: la empuja o la agarra tan fuerte de las muñecas que los moratones tardan días en desaparecer. Tiene quince años y es tan grande y fuerte que ella ya no lo puede dominar. Ha empezado a tenerle miedo.

Eduard, la niña de sus ojos, es un chiquillo talentoso que, con sólo cinco años, ya sabía leer y escribir. Tiene facilidad para la música y Mileva le enseña a tocar el piano. También posee una memoria fotográfica. Con sólo ocho años empezó a leer a Shakespeare y, poco después, a los filósofos alemanes. Pergeña aforismos, compone poesía. Envía los ensayos que escribe a su padre y se entristece porque no le entusiasma Freud, quien se ha convertido en su ídolo. Por él aspira a ser psiquiatra. Albert le dice a Mileva que el pequeño es demasiado ambicioso y ególatra para ser un chiquillo de instituto. Lo que escribe es interesante, pero no está especialmente dotado para la literatura, así que sería mejor que no se convenciese de tener talento poético. Reprocha a Mileva que le consiente demasiado, es decir, la culpa de la arrogancia de Tete. Mileva no está de acuerdo. Es consciente de hasta qué punto su hijo es sensible y de que, para cualquiera en su lugar, resultaría difícil tener a un padre como Albert.

«Tener miedo de tu propio hijo. Qué derrota, qué sentimiento horrible».

Pero Tete ya no es un niño.

Mientras lo contempla desde el balcón, a veces el mundo le parece un lugar idílico. Los ruidos de la calle le llegan como un leve rumor, las flores del tilo desprenden su aroma y el cielo está limpio por completo de nubes. Se apoya en la valla y respira hondo, sabedora de que esa ilusión sólo va a durar un instante. Instantes como este son raros y efímeros, apenas un respiro entre las desgracias que se suceden.

Por ejemplo, hace poco la inquietó la noticia de que Albert estaba redactando un testamento. Cuando él se lo comunicó, a Mileva se le hizo extraño que se le hubiese ocurrido esa idea. Apenas tiene cuarenta y cinco años, no sufre enfermedades graves y está en la cima de su carrera: es el científico vivo más famoso del mundo y acaba de recibir el premio Nobel. ¿Por qué se dedicaba a pensar en esas cosas? ¿Por qué querría hacer testamento? La respuesta llegó de una carta en la que Albert le pedía que emitiese una declaración a través de un abogado. El documento debía indicar que Hans Albert y Tete renunciaban a toda herencia salvo el dinero del premio Nobel ingresado en el banco a nombre de Mileva. Para eso hacía falta su aceptación. Mileva no tuvo ninguna duda sobre quién había inducido a Albert a formular esa propuesta. Porque, en caso de que sus hijos renunciasen a cualquier herencia fuera del dinero que, si bien estaba ingresado en la cuenta de Mileva, ya les correspondía según el acuerdo de divorcio, el resto quedaría para Elsa y sus hijas, Ilse y Margot, a las que Albert había adoptado oficialmente. Si no renunciaban, el resto de la herencia se repartiría entre Elsa y los cuatro hijos. Y claro, era mejor que el dinero fuese a parar a manos de la familia Löwenthal. A Mileva le resultaba bien sencillo imaginar a Elsa convenciendo a Albert de que, como ellos ya tenían todo el dinero del Nobel, para qué necesitaban más.

«¡Ah, Albert!». Seguro que ni había abierto la boca, pensando que era más fácil exigirle algo a Mileva que a la testaruda de Elsa, quien siempre se sale con la suya y se preocupa sólo por sus dos hijas, ya crecidas pero incapaces de asentarse. ¿Acaso Albert había olvidado que, según el acuerdo de divorcio, todo el dinero del premio corresponde a su exmujer, Mileva? Entendiendo, claro, que está destinado sobre todo a los niños, quienes lo van a heredar cuando muera ella y no su padre. A Mileva le preocupa la facilidad con que la cede Albert a esa mujer insoportable y la indiferencia que muestra a veces respecto a los niños. Le repugnaba cartearse por enésima vez para discutir sobre dinero, pero era más fuerte la preocupación por sus hijos, pues corrían el riesgo de quedarse sin la parte de la herencia paterna que les correspondía.

Se negó a firmar. Tenía que proteger a los niños del egoísmo de Elsa. Pensó en cómo hacer que Albert desistiese de esa exigencia que a ella le parecía injusta. De forma deliberada, le mencionó que se estaba planteando escribir unas memorias en las que describiría en detalle su colaboración, indicando que él no la había hecho pública ni siquiera agradeciéndosela por cortesía. Por eso le solicitaba amablemente que le enviase una copia del texto publicado en *Anales de Física* al que había contribuido. «Ahora que has ganado el premio Nobel, Albert, quizá al público le pueden interesar los detalles de cómo surgieron esos textos», añadió.

La respuesta llegó enseguida. No esperaba ninguna reacción que no hubiese recibido ya: la ira, el enfado, la desaprobación... todo eso lo había experimentado incontables veces y había aprendido a no tomárselo en serio. Cogió el abrecartas y se sentó junto a la ventana. Fuera ya refrescaba y no podía acomodarse en su lugar favorito en el balcón, porque ese otoño sufría de reuma en las articulaciones. Abrió el sobre y sacó la carta:

Me has hecho reír mucho con tu amenaza de escribir unas memorias. ¿No has pensado que a nadie le importarían lo más mínimo tus garabatos si el hombre sobre quien escribes no hubiese logrado algo excepcional? Si alguien no es nada, no tiene más remedio que ser educado, humilde y callarse. Es el consejo que te doy. *

Fue el 24 de octubre de 1925. Se acordaba con exactitud porque la fecha estaba escrita con tinta más clara, en lugar de la tinta azul oscura que Albert había empleado para el resto de esta carta, como para todas las demás. El enfado le había hecho coger la primera pluma que encontró a mano y esta se debía estar quedando sin tinta. La mala letra también indicaba hasta qué punto estaba alterado en el momento de escribir.

Mileva tuvo que reconocerse que su agresividad la había sorprendido. Todavía sentía las palabras de Albert como golpes y eso la hacía enfadarse consigo misma. Pero había algo más en su sentimiento de ofensa, un matiz que le desagradaba en especial. Era obvio que, con el tiempo, el interés de Albert por ella y el respeto hacia su trabajo se habían diluido por completo. Aquella Mileva segura de sí misma, racional e inquieta a la que Albert había respetado y recordado no existía más.

«Es decir, que ahora no soy nada. Una persona hueca y vacía, sin ninguna cualidad».

Jamás nadie le había dicho que no tenía valor alguno.

«¿Por qué justo esa frase me ha hecho llorar? ¿Porque me la ha dicho Albert o porque es cierta? No es fácil haber pasado, en diez años, de ser el amor de su vida a ese ser que describe como insignificante. De una física que prometía a una fracasada. Eso lo ha escrito sólo para hacerme daño. Pero, aunque ha sido la enfermedad lo que me ha ido convirtiendo en una ruina, sé que es verdad. En todo momento soy consciente de lo que me ocurre. Viviría mucho más feliz y alegre si no fuese así.

Contemplo cómo desaparezco y no puedo oponer resistencia. La verdad es que me siento impotente, mucho más débil de lo que creía, y eso no me lo puedo perdonar. Vivo sintiendo que me derrumbo y me pregunto hasta cuándo duraré.

Mientras tanto, me aferro a la valla del balcón, a mis niños e incluso a tus horribles palabras, Albert. Incluso al papel en el que las has escrito

Lo peor no es haberme convertido en insignificante como crees. Lo peor es ser consciente de que no tengo fuerzas para evitarlo».

Mileva estaba convencida de que a Albert le había asustado la posibilidad de que, en sus memorias, escribiese que él había sido un joven inseguro. No le gustaría que eso saliese a la luz, ni tampoco quién le había ayudado a elaborar sus primeros trabajos. No quería acordarse del periodo en que buscaba empleo en la Academia y ni sus profesores ni otros científicos estaban dispuestos a recomendarle. Si escribiese sobre todo eso, Mileva le golpearía donde más le duele, porque sólo ella sabe hasta qué punto su obra había dependido no sólo de ella, sino también de Marcel Grossmann (sobre todo las partes de geometría), Jakob Laube, Otto Stern y Michele Besso. También sabía otra cosa: que Albert no siempre citaba como se exige en las publicaciones científicas. En el mundo académico muchos se lo habían echado en cara. No era escrupuloso, sino descuidado. Pensaba que se lo podía permitir. Si escribiese sobre todos estos detalles en apariencia nimios, resultaría muy incómodo para su prestigio en todo el mundo. Mileva era bien consciente de eso cuando le amenazó con publicar unas memorias. En realidad, lo que quería era darle la posibilidad de retirar sus pretensiones irracionales sobre la herencia. Decidió darle tiempo y luego recordarle tanto el acuerdo que ambos habían firmado como otras cosas. Pero no le daría la satisfacción de intuir hasta qué punto le había hecho daño. Su ofensa ni siquiera la iba a mentar.

Querido Albert: te escribo sobre tu petición de que tus hijos renuncien a la herencia salvo el dinero del premio Nobel. Tengo que decirte ya de entrada que la rechazo de forma terminante. Me sorprende que ya no recuerdes lo que pone en nuestro acuerdo de divorcio, firmado por ambos. En caso de que lo hayas olvidado, procedo a refrescarte la memoria. Según ese documento, yo, tu exesposa, Mileva Einstein, recibiré la totalidad de la suma correspondiente al premio Nobel. Podré disponer libremente y según mi voluntad de los intereses que se devenguen de esa suma, pero tendré que consultarte en relación con el principal. Así ha sido hasta ahora y estarás de acuerdo conmigo en que no ha habido grandes problemas. Pero ahora, de repente, cambias de opinión y, sin consultarme, quieres sustituir a los destinatarios del principal. Con eso infringirías el acuerdo y también la Ley, pero se ve que no te preocupa demasiado. Ahora gestiono ese dinero por el bien de los niños y luego ellos heredarán el principal. Pero, técnicamente, esa suma ya no es tu herencia, sino la mía, salvo que encuentres una forma de quitármela sin acudir a los tribunales. En conclusión, rechazo tu exigencia por ilegítima e inmoral.

Por si has olvidado la vertiente ética de nuestro acuerdo, incluso aunque se trate de algo ya acordado, te recuerdo que el dinero del premio me lo asignaste a mí personalmente. Por desgracia, en el acuerdo de divorcio no se indican los motivos. Entonces nos pareció innecesario, porque para ambos se sobreentendía que la razón era garantizar una mínima seguridad a Hans Albert y a Tete. No te inquietes, no voy a poner en duda que te preocupas por ellos, puesto que lo has demostrado y te estoy agradecida por eso.

Sin embargo, en tu súbita decisión respecto al principal intuyo otra cosa. Desde el inicio de tu obra científica colaboré en tus proyectos. No diré que de igual a igual, porque eso resulta difícil calibrarlo. Supongo que me dirás que también colaboraron otros, lo cual es cierto, pero admitirás que yo era tu mayor colaboradora. Contribuí a todos tus textos, incluidos los que más adelante se *revelarían como fundamentales para tu carrera, es decir, los publicados en* Anales de Física *en 1905. Sabes bien que juntos decidimos que los ibas a firmar tú sólo; a diferencia, por ejemplo, de Pierre y Marie Curie, que firmaron juntos sus trabajos y juntos recibieron el premio Nobel. En nuestro caso, el motivo era sencillo: tú eras quien se había presentado a los empleos como profesor y cuantos más hubieses publicado más posibilidades tendrías de conseguirlos. ¿Te acuerdas de que, al principio, por tus ideas radicales y también –para qué engañarnos– por tu comportamiento, varios profesores respetados ni siquiera quisieron oír hablar de recomendarte? Todos los estudiantes de nuestro curso encontraron trabajo salvo tú. Me pareció una injusticia e incluso me peleé por eso con el profesor Weber... ¿Te has parado a pensar alguna vez que quizá ese podría haber sido el motivo por el que no aprobé el examen de la licenciatura? Te quería ayudar como fuese, Albert.*

Por otra parte, como no me había licenciado, ¿qué sentido tenía que firmase los textos? Seguro que te acuerdas de que firmé con tu nombre reseñas de nuevas revistas científicas y artículos publicados en el mundo anglófono porque entonces, como ahora, no tenías la más mínima idea de inglés. Según mi recuento, eran más de veinte y bien que te vinieron para engrosar tu bibliografía. Por no hablar de algo tan banal como que, cuando dabas clases en Berna, yo te escribía los apuntes.

Pero eso es secundario. Me importaba que estuvieses contento, que por fin te dedicases a la ciencia y no a las patentes. Estaba convencida de que merecías un trabajo que te diese la posibilidad de seguir con tus investigaciones.

No he olvidado el motivo por el que acordamos que iba a ser así. Yo sólo tenía en la cabeza a Lieserl. Creía que, si lograbas un empleo mejor y con mayor sueldo, el empleo que tú deseabas, sería más fácil que nuestra niña viniese con nosotros. Para mí, el destino de Lieserl estaba estrechamente vinculado a tu carrera. Pero Lieserl murió mientras esperábamos a Hans Albert y esa terrible pérdida resultó decisiva para que yo abandonase los estudios.

Bien, esa es la pura verdad. Te exijo que reconsideres una vez más tu exigencia de que renunciemos al testamento. Creo que aceptarás los argumentos que te he expuesto y lo dejarás correr. *

Dobló con cuidado la hoja de papel, la metió en el sobre y escribió la dirección de Albert. De golpe, cobró conciencia de su tacto seco en las yemas de los dedos y su ligereza perfecta. «Qué importante es el papel en nuestras vidas. Todas esas cartas, facturas, contratos, extractos bancarios, telegramas... Todos esos cálculos, teorías, revistas, libros. Y ahora también los periódicos. Cuando ya no esté, de mí no habrá quedado nada de eso. Ni siquiera las cartas.

Creo que Albert destruye mis cartas para que no las lea Elsa, pero no estoy segura. ¿Acaso realmente se ha creído que iba a escribir unas memorias? ¿Acaso el papel es un material lo bastante robusto como para confiarle mi vida? Me temo que la tinta correría por toda la hoja, o quizás serían lágrimas. No hay ningún papel, Albert, capaz de resistir mi dolor».

Albert terminó renunciando a sus pretensiones, pese a su debilidad por las hijas de Elsa y la codicia de esta. A veces Mileva tenía que recordarse a sí misma que Albert ya no era la misma persona con quien discutía entre pilas de hojas con ecuaciones esparcidas sobre la mesa de su cocina en Berlín. Ya no eran uno sólo; apenas les unían sus hijos, la preocupación por ellos. Y también el pasado, que la sigue manteniendo ligada a él más de lo que desearía.

Tras recibir la carta de Mileva, Albert no mencionó nunca más la cuestión del testamento.

Mileva está sentada de espaldas al sol, su calidez la reconforta. Cierra los ojos y, en un duermevela, escucha los ruidos del apartamento. Se ha convertido en un hábito para ella. Jamás se puede relajar del todo: tiene que estar siempre alerta y escuchar lo que hace Tete. Ahora le oye andar por el piso. Debe estar buscando algo. Mileva nota que está nervioso y enseguida deja de pensar en ella.

Resulta difícil decir en qué momento la conducta de Tete la empezó a preocupar de verdad. De niño, era mucho más fácil buscar excusas para sus comportamientos inusuales. Las utilizó todas: su padre no estaba, era un niño consentido, su madre le prestaba demasiada atención, tenía talento... Incluso cuando las pesadillas comenzaron a sucederse y las alucinaciones auditivas se volvieron más intensas, Mileva seguía intentando creer, pese al diagnóstico, que se trataba de episodios ligados a la pubertad. Pero llegó un momento en el que ya no podía explicar de ninguna manera las pesadillas y los ataques de agresividad que sufría Tete cada vez con mayor frecuencia.

Recuerda el día en que contó a los niños que ella y Albert se iban a divorciar. De camino hacia una pastelería, aspiraba el aire fresco. Aún no había llegado el calor, pero recordaba que, ese día, la luz era fuerte, cegadora. Contempló a sus dos hijos. Hans Albert se parecía más a su padre, ya era casi un joven. Tenía los mismos rasgos que Albert, sobre todo alrededor de la boca. En cambio, Tete se parecía a la familia de Mileva. «A Zorka», pensó ella, mientras comían pasteles. «Sobre todo por la expresión de la cara y los gestos. También por la manera en que rehúye el contacto visual o mira nervioso de un lado para otro». Y por la forma en que, igual que Mileva, aprieta los puños como si se los cerrase una fuerza invisible. Se acuerda bien de que su mayor desvelo era cómo se iba a tomar Tete la noticia, pero, al mismo tiempo, pensaba que solía portarse bien cuando estaban fuera de casa. Había cumplido ya casi nueve años, pero al enfadarse actuaba como un niño pequeño: tiraba la silla, pataleaba, se revolcaba por el suelo. En esas ocasiones, su conducta resultaba impredecible.

Tete había pedido que fuesen a comer pasteles. A Hans Albert le daba más o menos igual. Ya estaba en el instituto y soñaba con estudiar Ingeniería de la Construcción en la universidad, pese a la oposición de su padre. Albert lo consideraba un oficio de segunda, pero su hijo le replicaba que no tenía derecho a entrometerse. Eso no era cierto y Hans Albert lo sabía: mientras su padre financiase su educación, por supuesto que tenía derecho a decidir sobre ella. Pero Albert no quería hablar sobre estudios ni mucho menos pelearse, porque eso le iba a quitar tiempo y energía. Mileva se preguntaba si para él resultaría incómodo que su hijo terminase siendo un aparejador cualquiera. Ella no estaba en contra de su decisión. Hans Albert era un alumno brillante que, desde hacía tiempo, tenía claro que quería estudiar Ingeniería de la Construcción en la Politécnica.

Mileva debía comunicarles a los niños que Albert y ella se habían divorciado de forma oficial. Desde el 12 de febrero de 1919, eran hijos de padres divorciados. También eso había llegado a ocurrir. Durante largo tiempo Mileva había estado luchando con Albert para asegurar su subsistencia y la de sus hijos. Ahora esa guerra por fin había terminado. Hacía ya años de aquella carta de Albert con sus vergonzosas Condiciones que Mileva leyó en la cocina berlinesa de Clara. A veces se acordaba de Clara y lo que sufría por su marido. Se oponía a que Fritz contribuyese a elaborar sustancias venenosas con terribles consecuencias para el organismo que luego el ejército utilizaba en la guerra y por eso enfermó psíquicamente. Mileva pensaba en las ruinas que ella y Albert han dejado tras de sí, en su enfermedad que ha desembocado en una parálisis, en las amistades rotas, en los traumas de sus hijos... como la guerra de verdad, pero con un campo de batalla en miniatura. Ahora las relaciones entre ellos habían mejorado. Tras un largo periodo en que el trato iba siempre de un extremo a otro, de la cercanía a la enemistad, habían encontrado el equilibrio.

«Ya sabéis que hace casi cinco años que no vivimos con papá. Hoy ha llegado la resolución de divorcio. He pensado que teníais que saberlo», dijo Mileva de corrillo, sin dejar de mirar a Tete. Hans Albert tenía quince años, pero como era alto y serio parecía mayor. Albert ya había dejado de reprocharle que no le escribiese con frecuencia y de sospechar que Mileva leía sus cartas. Como hijo mayor, había contemplado todas las fases de la relación entre sus padres durante los años anteriores, desde las suspicacias y las acusaciones mutuas hasta la resignación de Mileva y la victoria de Albert. «Albert ya sólo piensa en casarse con Elsa», se había dicho Mileva mientras esperaba a que les sirviesen los pasteles. Ahora sentía indiferencia y, de alguna forma, alivio porque fuese así. Todavía recordaba su sufrimiento al leer lo que Hans Albert escribió a su padre antes de la Pascua de 1915, nada más volver de Berlín e instalarse en el apartamento.

La Pascua del año pasado estuvimos solos. ¿Este año también? Si nos escribieses que vienes, para nosotros no habría mejor conejito de Pascua. Sabes que estamos bien, pero si algún día mamá se pone enferma no sé qué voy a hacer. No nos quedaría nadie salvo la sirvienta. Por eso sería mejor que estuvieses con nosotros. *

A Albert estas palabras no le conmovieron. No vino. A Mileva le supo mal por los niños, pero sola con ellos estaba más tranquila. Fue mucho peor cuando, ese mismo año, como regalo de Navidad para ambos, compró para Hans Albert los esquíes que tanto deseaba. Luego se peleó con Albert para que le enviase el dinero, porque él consideraba ese regalo un lujo. Mileva se enfadó muchísimo. Vivían de forma austera, ella misma cosía y tejía la ropa de los niños, pero quería hacerles regalos de Navidad. Sabía que Albert no era insensible respecto a sus pequeños, pero le perdía la impulsividad y se encontraba bajo el influjo de Elsa. Sólo hacía falta que ella frunciese el ceño para que Mileva recibiese un rapapolvo por derrochar.

Cuando Mileva anduvo de hospital en hospital, Hans Albert quedó como responsable único de su hermano. Hacía la compra diaria y llevaba a Tete a la escuela. La enfermedad de Mileva le daba miedo. «*Si algún día mamá se pone enferma...*». Era su testigo, un testigo quieto y silencioso de su impotencia, su desesperanza y su hundimiento en una depresión cada vez mayor de la que nadie, ni siquiera sus hijos, podía rescatarla del todo. Sólo lograban mantenerla a flote.

Tete se comió el último trozo de tarta de chocolate. «¿Qué significa eso, mamá?», preguntó. «¿Otra vez nos iremos?». «No cambiará nada, Tete. Viviremos igual que hasta ahora. Vuestro padre os visitará siempre que pueda. Significa que nos hemos puesto de acuerdo y lo hemos escrito en un papel para no tener que discutir más. Ya sabéis lo mal que lo he pasado por eso».

Hans Albert abrió la boca como si fuese a decir algo, pero cambió de opinión.

Tete no parecía alterado y Mileva quedó satisfecha.

Luego volvieron hacia casa caminando por el parque. En las ramas desnudas asomaban los primeros brotes de color verde claro, señal de una primavera temprana.

Ya en el apartamento, al final de la tarde, Tete se quejó de que volvían a zumbarle los oídos. Mileva tuvo un estremecimiento: después de eso solían venir el nerviosismo y, a veces, los ataques de agresividad. Hans Albert se encontraba con ellos en casa. Mileva se sentía mejor si en esos momentos no estaba sola, aunque no se podía esperar ayuda de Hans Albert, porque, como Tete, todavía era un niño. Al principio no ocurrió nada. Se acostaron y, cuando ya estaban a medio dormirse, Mileva oyó un aullido; no un llanto o un grito, sino un aullido. Tete aullaba con todas sus fuerzas, encogido en un rincón de su cuarto. Señalaba en el vacío a alguien que sólo él veía. Mileva lo abrazó y se sentó junto a él meciéndolo, cantándole una canción de cuna. Ya rayaba el día cuando se durmió. La luz espectral los encontró en el suelo, abrazados el uno al otro.

Cada vez era más difícil refrenarle. De hecho, Mileva no lo conseguía sin Hans Albert. «*Si algún día mamá se pone enferma...*». ¿Qué iba a ocurrir cuando Hans Albert encontrase un trabajo y se fuese de casa? ¿Hasta qué punto era consciente de la enfermedad de Mileva? Nunca se lo había preguntado.

Hay tantos silencios entre ellos. Es una relación que nunca se va a desenmarañar.

En el sanatorio

1933

Mileva está con Tete en la ambulancia que les lleva al sanatorio de Burghölzli. No es la primera vez, pero intuye que ahora va a ser distinto. El personal de la ambulancia le podría haber trasladado sin ella, porque no les hace falta, pero a Tete sí. Quiere que él vea que Mileva no le ha abandonado ni siquiera tras este ataque de locura. Porque, aunque querría, no puede llamar a lo ocurrido de ninguna otra forma.

¿Se acordará Tete de algo?

La ambulancia sube por una cuesta hacia el hospital. Tete viaja entre dos enfermeros y Mileva, en el asiento de atrás. Tete se da la vuelta para comprobar que su madre esté. Cuando se queda solo es cuando peor lo pasa. «Mamá, no me gusta estar solo», le dice. Lo mismo que cuando era pequeño, con la diferencia de que ahora tiene motivos para temer la soledad, la oscuridad, las puertas cerradas, los ruidos, los truenos... Ahora oye voces que no puede acallar. Le dicen cosas horribles. Esos fantasmas le incitan a romper el cristal de la ventana de un puñetazo. O a tirarse del balcón. Esta vez le han ordenado que asesine a su madre.

Mileva contempla la calle donde viven como si hoy no fuese a volver a ella. Por la ventana desfilan las copas de los castaños, los escaparates, el quiosco con sus periódicos. Vistos desde la ambulancia de camino al manicomio, los transeúntes parecen tan despreocupados...

Cuando Tete era más pequeño, Mileva aún conseguía mantener a raya su enfermedad, pero, a medida que iba creciendo, cada vez debía prestar mayor atención para evitar que hiciese daño a los demás o a sí mismo. A veces le parecía que esa atención, ese constante «espiar» a su propio hijo, tal como lo describía, era lo que más la agotaba. Permanecía alerta incluso durante la noche, sobre todo cuando Hans Albert no estaba en casa. Dormía mal y se despertaba nada más oír pasos o ruidos en la habitación contigua. Con frecuencia Tete no llegaba a dormir, sino que leía o escribía encerrado en su habitación, a la que Mileva no podía acceder sin su permiso. Aunque estaba enfermo, ella consideraba que tenía derecho a su intimidad. No le gustaba entrar en esa habitación: en el muro sobre la cama, junto a un retrato de Freud, Tete había colgado fotos de revistas pornográficas. Sin embargo, al oír el crujido que hacía el parqué cuando Tete caminaba rápido de un lado a otro durante horas en plena noche, la embargaba el miedo de que intentase suicidarse. Ese era su mayor temor desde que los médicos le contaron que se trataba de algo habitual entre esquizofrénicos, sobre todo si eran hombres jóvenes e inteligentes. Mileva se revolvía en la cama, dudando sobre si hacerle saber a Tete que la había despertado. Tenía miedo de enervarle todavía más. En una ocasión en la que había llamado a su puerta en mitad de la noche, Tete abrió de golpe, le dio un empujón tan fuerte que la tiró al suelo y volvió a cerrar de un portazo. Mileva gritaba de dolor, la mano le dolía tanto que ni siquiera era capaz de levantarse. Hans Albert la ayudó a ponerse en pie. Ambos llamaron a la puerta de Tete, cerrada con llave, pero él no salió de su cuarto. ¿A quién habría visto en lugar de su madre?

El resto de aquella noche Mileva lo pasó llorando. Hans Albert no lograba consolarla. Aunque era la enésima vez que había sido testigo del comportamiento extraño y los ataques de Tete, Mileva le pidió que no dijese nada a su padre. Mejor que le ahorrase saber toda la verdad. Una vez que Tete fue a verle a Berlín, Albert intuyó que, por inteligente que fuese, en su interior «no hay equilibrio». «Se acalora debatiendo sobre los temas de su interés, sobre poesía o algún problema filosófico. Intelectualmente es pretencioso, cada vez más soberbio. Sería mejor que pensase en estudiar algo práctico, normal y corriente, en lugar de querer ser poeta», le había escrito. Tete se había matriculado en Medicina con la idea de especializarse luego en psiquiatría como Freud. Pero Albert no estaba de acuerdo. La psiquiatría no le inspiraba respeto y estaba convencido de que los estudios de Medicina eran demasiado laboriosos para los «frágiles nervios» de Tete.

¿Cómo contarle a Albert que cada día espiaba a Tete? Eso sólo lo entiende el doctor Hans W. Maier, el médico de Tete, que le trata desde hace años. Por ejemplo, Mileva tiene que mantener entreabiertas las puertas entre el salón, la cocina y, si puede ser, la habitación de Tete. También debe ser discreta, ir con cuidado para que él no lo advierta. En todo momento le ha de tener a la vista, porque su comportamiento es cada vez más imprevisible. Cuando más atención debe prestar es cuando hay visitas. Una vez vino una conocida de Belgrado. Durante un rato Tete la estuvo escuchando e incluso participó en la conversación. En cierto momento, Mileva se percató de que miraba algo situado a espaldas de la mujer. La puerta de su habitación estaba abierta y, en la alfombra frente a la cama, la invitada había dejado unos zapatos de tacón alto. Tete no podía apartar la mirada de ellos, quizá porque nunca había visto un calzado femenino así. En su casa no había zapatos de mujer bonitos. Mileva tenía la impresión de que a Tete le atraían y quizá incluso le excitaban las mujeres vestidas con elegancia. Temiendo alguna salida de tono frente a su invitada, se levantó y cerró la puerta. Tete se incorporó de un bote y salió de la estancia sin saludar, como si le hubiese arrancado de la mano su caramelo favorito.

Hace ya un par de años que los médicos diagnosticaron la enfermedad de Tete: esquizofrenia. El nombre era nuevo, pero la enfermedad no. Zorka también la sufre. Por eso Mileva ya sabe demasiado sobre ella, desde los síntomas como las alucinaciones, la catatonia o la apatía hasta su tratamiento: atar al paciente a la cama, darle duchas frías, administrarle insulina, aplicarle electrochoques o incluso operarlo del cerebro.

Ya no quedan dudas sobre el diagnóstico. Mientras las hubo, Mileva albergaba la esperanza de que Tete sufriese alguna otra enfermedad mental más benigna. Durante mucho tiempo no tuvo fuerzas para comunicarle el diagnóstico a Albert, ni por escrito ni de viva voz. Para ella, nombrar cualquier enfermedad era una cuestión grave, una especie de confirmación oficial. Cuando por fin se enteró, Albert no mostró una preocupación excesiva. Aunque sabía que Zorka padecía esa misma enfermedad y el tiempo que había pasado encerrada en psiquiátricos, ignoraba los detalles del tratamiento. Estaba convencido de que era un trastorno de la conducta y no una enfermedad grave, de forma que se podía reconducir mediante la persuasión, las amenazas y las prohibiciones. Cuando se trataba de la psique y las enfermedades mentales, mantenía un enfoque positivista. Su opinión sobre la enfermedad de Tete resultaba particularmente extraña, porque afirmaba haber llegado a todas sus conclusiones teóricas por la vía opuesta, es decir, a través del instinto. «Tiene mucha imaginación, no te preocupes», le respondía a Mileva cuando ella le contaba que Tete componía versos. Sin embargo, tras el diagnóstico Mileva ya no puede interpretar la fantasía de Tete como una expresión de creatividad. Para ella, los poemas que escribe Tete son lo mismo que cuando aporrea el piano al dictado de sus demonios: un síntoma que la llena de miedo. Si tuviese al menos una pizca de la fe de Albert en la posibilidad de que Tete se cure, quizá vería su comportamiento de otra forma. A diferencia de él, Mileva recibió el diagnóstico de Tete como una sentencia a cadena perpetua. Y la experiencia con la enfermedad de Zorka, en lugar de ayudarla, sólo la asusta todavía más.

Ahora Tete tiene veintitrés años y Mileva ya no puede mantenerlo bajo control. Tiene miedo de que, esta vez, lo ingresen en el hospital más tiempo que otras. Quizá incluso por mucho, mucho tiempo, ya que a los pacientes propensos a la violencia no les dan el alta si son peligrosos para su entorno. Ni esta crisis ha sido como las anteriores ni Tete sigue en la pubertad. Ha intentado estrangularla. Mileva sabe que no ha sido Tete sino su enfermedad, que en esos momentos lo dominaba la locura. Conoce demasiado bien este tipo de situaciones en las que pierde el control como para condenarlo. Pero ahora van camino del hospital porque no puede correr el riesgo de que Tete ataque a otras personas. No hay tiempo para la compasión; de eso podrá ocuparse luego, cuando esté sola en casa. Tiene que acompañar a Tete y dejarlo en el psiquiátrico, en un lugar seguro. Por desgracia y también por suerte, aquí todos le conocen.

«Esta es su segunda casa, como la mía son los hospitales», piensa Mileva mientras la ambulancia cruza el parque de la clínica para acercarse a la entrada de un voluminoso edificio. El parque termina en un claro con césped segado a la perfección y delimitado mediante parterres con flores. «Lo cuidan nuestros pacientes», le había dicho el portero la primera vez que trajo a Tete. El edificio le resultó amenazador, pero sabía que era porque, aunque lo llamasen «sanatorio» u «hospital psiquiátrico», se trataba de un manicomio. Ya el propio nombre suena espantoso, así que hace tiempo que decidió llamarle «sanatorio», pero ahora mismo le da igual. En este imponente edificio de tres plantas levantado en un claro que se abre en lo alto de una colina había asistido a clases cuando era universitaria. Se acuerda del doctor Bleuler e incluso una vez conoció a Carl Jung. Lo primero que pensó al ver el edificio fue que parecía una cárcel o un cuartel, en lugar de un centro médico. Había algo cierto en esta impresión inicial. Lo entendió al descubrir por dentro el edificio y la vida de sus internos, que se regía por el orden más estricto. Como en una cárcel. Como en un cuartel. Pero luego se acostumbró y, cuando iba a visitar a Tete o, como ahora, se apresuraba hacia la recepción, ya ni siquiera pensaba en eso.

Sanatorio, psiquiátrico o manicomio, ese edificio se va a tragar otra vez a su hijo, lo engullirá de nuevo en sus entrañas gélidas y grises.

Albert está lejos, pero Mileva le avisará de lo ocurrido. Esta vez no le va a ocultar nada. ¿Por qué no le había contado los problemas de su hijo? No quería que supiese hasta qué punto Tete lo pasaba mal y Albert tampoco podía darse cuenta de su estado verdadero en la semana o dos que pasaban de viaje o de vacaciones. Navegaban en velero, tocaban música, paseaban o conversaban, y Tete ponía todo de su parte para causarle una buena impresión. Mileva sabía que, si Albert tomaba conciencia de hasta qué punto eran graves los problemas psíquicos de Tete, probablemente intentaría resolverlos aplicando el «sentido común». No creía en los métodos de Freud, como los médicos del hospital de Tete. De hecho, no apoyó a Freud como candidato al premio Nobel, algo que este jamás le ha perdonado. Incluso se ríe de él frente a Tete, aunque sea su ídolo.

Una vez más, Mileva se pregunta cuándo ese niño nervioso, inquieto y ávido de atención se convirtió en otra cosa, y si es posible identificar un momento. ¿Cuándo su conducta traspasó los límites de lo que se considera normal y, con el tiempo, se volvió insoportable para quienes le rodeaban? ¿Fue cuando Mileva dejó de atreverse a darle sus opiniones? Se acuerda de que, en el instituto, a Tete le gustaba escribir aforismos. Ella estaba orgullosísima, los compartía entre sus amistades, los enviaba a Helena y a sus hijas en Belgrado. Albert le dijo que fuese con cuidado, porque no era bueno para Tete que ella y sus amigos le colmasen de elogios.

No, no todos sus aforismos y poemas eran igual de buenos, pero Mileva los celebraba de todas formas. Cuando una vez le dijo que no todo lo que escribiese podía tener la misma calidad, y mucho menos ser genial, Tete le respondió con aspereza: «¿Ah no? Pero todo lo que escribe papá es genial, ¿verdad?». Tenía que haber reaccionado, decirle que no tenía derecho a compararse con su padre. ¿De dónde le había venido la insolencia para soltar algo así? Pero no lo hizo. Sabía que Albert era muy estricto con los niños y pensaba que siempre había que decirles la verdad. Como aquella vez en que le había contado palabra por palabra a Mileva lo que había dicho Paulina para disuadirle de casarse con ella. Como cuando se encontraba en el hospital paralizada por el dolor de vértebras –del que nadie jamás encontró la causa– y, en sus cartas, Albert le transmitía palabra por palabra los comentarios de Paulina: «Le echa cuento, sólo finge para darte pena y que vuelvas. ¡Esa bruja lo intenta todo!». Ni siquiera se le pasó por la cabeza ahorrarle o, como mínimo, suavizar los comentarios de su madre.

En su intento de que Tete volviese a poner los pies en la tierra, Albert era directo e inconscientemente cruel. Y Tete ansiaba el reconocimiento de su padre. Ya entonces era consciente de que no le podría superar en ningún campo. *«Es bonito tener a un padre superior a ti, pero a veces también es difícil»*, había escrito en una redacción para la escuela. *«Uno se siente tan insignificante...».**

Mileva se acordaba con frecuencia de estas palabras redactadas por su hijo menor, que escondían su profundo desánimo. ¿Qué podía lograr ese niño en la vida si el listón del éxito lo marcaba su padre?

Tete oscilaba entre la admiración y un odio feroz hacia Albert. En esto tampoco era capaz de encontrar el «equilibrio». ¿Cuántas veces él y su padre habían dejado de escribirse? La terquedad era uno de los rasgos que había heredado de él. Por si fuera poco, Albert se empecinaba como si no sólo su hijo, sino también él se encontrase en plena pubertad. Mileva estaba convencida de que Albert jamás se había preguntado hasta qué punto su ausencia había influido en la situación de Tete. Cuando se trasladaron de Zúrich a Berlín y, al cabo de un par de meses, volvieron a Zúrich, para Tete, que entonces tenía cuatro años, el cambio resultó dramático. Todo ese tiempo estuvo esperando que su padre regresase y viviesen otra vez como hasta entonces. No dejaba de preguntar por él, no podía entender cómo, de golpe, se había quedado sin su padre adorado.

La adoración y el odio, las expectativas incumplidas, las dificultades insuperables, la tensión. Las peleas del padre con sus hijos. Mileva había intentado colocarse entre ellos, servir a los niños de escudo contra la rudeza de Albert.

Sólo se ocupaba de ellos, sólo vivía para ellos. ¿Y qué había conseguido? Su hijo mayor le había dicho «No te metas en mi vida». Desde que se había casado apenas sabía nada de él, aunque pronto iba a tener a su segundo hijo. Y su hijo menor le ha cerrado la puerta en la cara, la ha empujado, la ha atacado y, en pleno ataque de locura, la ha intentado matar.

Pero ahora todo da igual, ni siquiera sus sentimientos son importantes a estas alturas. En cuanto se entere de lo ocurrido, es posible que el nuevo director de la clínica, el doctor Maier, no deje marchar a Tete a casa este fin de semana, aunque le conoce bien, igual que su predecesor, el doctor Bleuler. «Señora», le ha dicho el policía antes de llamar a la ambulancia. «¿No es mejor que usted le ingrese en el hospital que no que yo lo meta en la cárcel?». Es un hombre sensato, aunque es imposible que Tete entre en prisión. Eduard Einstein tiene un largo historial relativo a su enfermedad, con un diagnóstico confirmado. Mileva guarda siempre a mano la carta en la que un médico indica que Tete es paciente de la clínica psiquiátrica Burghölzli. Le resulta útil para estas ocasiones. Cuando han venido a buscarlo al apartamento de la calle Huttenstrasse, Mileva aún estaba en la habitación recuperándose del ataque. Por eso no ha podido mostrar la carta a los policías como suele hacer, pero los vecinos les han explicado que Tete es un enfermo de la Burghölzli. Cuando Mileva ha recobrado la compostura, los sanitarios ya le habían puesto la camisa de fuerza y lo hacían bajar por las escaleras. Tete se resistía entre gritos inarticulados. Sólo se ha calmado al ver que Mileva entraba en la ambulancia para ir con él. Pese a su estado, ha insistido en que le acompañase. A Mileva le ha dado la impresión de no ser consciente de que, poco antes, le ha apretado el cuello con sus propias manos hasta casi estrangularla.

«Quizá hubiese sido mejor así», se le ha pasado por la cabeza. ¿Por qué se le ha resistido? Así su sufrimiento hubiese acabado de una vez por todas. Pero el de Tete no. Como madre, tiene el deber de estar a su lado mientras respire, mientras en ella quede un aliento de vida, mientras le pueda ayudar. O bien hasta que Tete la mate a ella o a sí mismo. Se ha anudado un pañuelo de seda alrededor del cuello y se ha sentado en el coche con él.

En la ambulancia le ha tendido la mano y acariciado la mejilla. «Estoy aquí, Tete. Estoy aquí y siempre estaré a tu lado», le ha dicho. Luego le ha entrado la duda. Otra vez, contra el consejo de su antiguo médico, el doctor Eugen Bleuler, le ha llamado por su mote infantil en lugar de por su nombre de pila. Hay algo que le impide llamarle Eduard. Teme que hacerlo sólo le confunda, más cuando él está fuera de sí. Sólo sus profesores le llaman Eduard, suena un poco demasiado formal. «Querida señora Einstein, entiendo que dude, pero de esta forma sólo refuerza la escisión de su personalidad», le había explicado el doctor Bleuler. ¿Acaso no entendía que Tete no es sólo un individuo con personalidad escindida, que es algo más que su paciente? Es un niño, su niño hipersensible, sin importar su edad ni el nombre con que se le dirija.

Cuando asegura a Tete que estará a su lado, Mileva está mintiendo y lo sabe. Lo dejará en esa clínica-fortaleza, esta vez no sabe por cuánto tiempo.

¿Por qué sólo ella miente a los niños? ¿Dónde está Albert ahora, cuando hay que ingresar a Eduard en una «institución de régimen cerrado», como señala el documento que ha tenido que firmar? ¿Por qué siempre tiene que afrontar estas situaciones sola? ¿Por qué siempre le toca la peor parte de tener hijos? Lo mismo le había ocurrido a su padre. Se acuerda de cómo era siempre Miloš quien llevaba al hospital a Zorka. Suele pensar en él desde que murió hace ya más de diez años, exhausto y destruido por los cuidados que requería Zorka y la ignorancia sobre el destino de su hijo, quien no había dado señales de vida desde el fin de la guerra. No se sabía qué había ocurrido con él. Al final, su padre se arruinó. Para sufragar los enormes costes hospitalarios de Zorka, tuvo que vender la propiedad de Kać. Escondió el dinero por un tiempo en el hogar de la casa de Novi Sad, pero Zorka le prendió fuego. Si había sido sin querer o en un ataque de delirio ya no tenía importancia. Después de eso, Miloš jamás se recuperó, ni siquiera hizo el intento. «Se ha apagado», le contó a Mileva su madre.

Echa en falta su apoyo. Nunca la juzgó, ni siquiera cuando Mileva le causaba mayor sufrimiento: cuando tuvo una hija sin casarse, cuando no se licenció en la universidad, cuando abandonó a Albert... Al revés, Miloš se preguntaba si había, como padre, fallado en algo. La veía atrapada en dilemas que él no podía resolver en su lugar. Mileva recuerda su respuesta cuando le escribió para comunicarle que se había divorciado de manera oficial: «Mica querida, respeto a Albert porque es el padre de mis dos nietos y un gran científico. Pero no ha sido un buen marido. Enseguida vi que no lo era, pero... ¿cómo te lo podía decir? No tenía fuerzas para avisarte a tiempo y por eso ahora me remuerde la conciencia. Pero es demasiado tarde para arrepentirme. Si te puedo ayudar de alguna forma, dímelo».

«Papá murió de preocupación. Sólo me consuela que quizá le resultase más fácil morir que vivir como vivía. Lo mismo que me ocurre ahora a mí.

Sin él estoy todavía más sola. No está aquí para mandar que vengan a buscarme en un coche de caballos. «Papá, yo también me estoy apagando», piensa Mileva en la ambulancia.

El coche se detiene frente a la entrada de la clínica y Tete se baja con serenidad. Le agarran dos enfermeros corpulentos con bata blanca. «Probablemente los escojan por su fuerza, a menudo deben tener que reducir a los pacientes». Sabe que, en ciertas situaciones, Tete despliega una fuerza insospechada. Flanqueado por los enfermeros, sube por la amplia escalinata hasta el primer piso. No se dirigen al ambulatorio, sino al despacho del director. Tete ahora está de buen ánimo. Se da la vuelta y le dice: «Mamá, mira qué bien se portan conmigo. ¡Se nota que soy un Einstein!». La secretaria abre la puerta y le ofrece asiento. El doctor Maier está despachando una visita pero enseguida les atenderá.

Se acuerda de la primera vez que trajo aquí a Tete para que lo examinase el antiguo director, el doctor Eugen Bleuler. Él fue el primero en diagnosticar su enfermedad como «esquizofrenia», sólo unos pocos años después de que naciese. Mileva no había dejado a su Tete en manos de extraños. Le habían recomendado Burghölzli y el doctor Bleuler como los más indicados para la situación. «¿Es el que está a favor de la eugenesia?», preguntó Albert cuando ella le dijo el nombre del médico. «Sí», respondió Mileva. «Escribe que a los enfermos mentales no se les debería permitir reproducirse y que hay que contribuir a la selección natural mediante la esterilización para evitar que la raza degenere». «Pues entonces escribe sandeces peligrosas», comentó Albert taciturno. Mileva estaba de acuerdo con él, pero era el mejor experto en enfermedades mentales. «Ya ha tratado a Zorka», se defendía.

Ya entonces el doctor Bleuler le había explicado que la enfermedad de Tete se manifestaba como una escisión entre sus funciones emocionales e intelectuales. Sabía que, intelectualmente, Tete era muy precoz y leía filosofía alemana con sólo doce años.

Añadió que siempre procuraba evitar el ingreso de sus pacientes por un tiempo indefinido y que consideraba beneficioso que, hasta donde fuese posible, viviesen con su familia y en sociedad. Para Mileva era importante que dejasen marchar a Tete a su casa, al menos cada cierto tiempo. La sola idea de que encerrasen a su niño para siempre en un sanatorio la ponía fuera de sí. Tanto que dudaba de ella misma y de si había acertado llevando a Tete al doctor Bleuler.

«¿Quizá elegí a ese médico para seguir teniendo a mi niño junto a mí?», se pregunta en la sala de espera.

El nuevo director, el doctor Maier, le da la mano y saluda a Tete con unas palmaditas en el hombro. «¿Cómo te encuentras hoy, Eduard? Me ha llegado que has tenido alguna dificultad». Tete se encoge de hombros. «Ya se me ha pasado, profesor. Ahora sólo estoy cansado». «Lo arreglaremos, no te preocupes. Estos muchachos te enseñarán tu habitación y luego tu madre vendrá a verte. Ya sabes que aquí vas a estar bien».

Los enfermeros se lo llevan y Mileva se queda sentada en el despacho frente a una gran mesa cubierta de libros. Detrás hay un retrato al óleo del doctor Bleuler en su juventud, diplomas enmarcados, felicitaciones y un grabado de 1870 hecho en cobre con marco de oro que representa el hospital. Mileva sabe que Tete no va a estar bien. Pasará un tiempo atado a la cama hasta que se tranquilice. Ahora ya está en su habitación, «alojado», como dicen aquí. Eso es un eufemismo, porque lo primero que van a hacer será atarlo a la cama. Sólo espera que Tete no se resista, porque en ese caso los enfermeros pueden llegar a ser muy brutos. Y no, no le permitirán visitarle antes de irse. «Créame, señora, no es algo agradable de ver», solían decirle, como si sólo estuviese acostumbrada a ver estampas agradables. Es su hijo, ella sabe perfectamente de lo que es capaz. Le basta con entrar en su habitación y ver el caos en el que vive sin permitir que nadie lo ordene. ¿Acaso no fue ella quien, en el último momento, impidió que se arrojase por la ventana? En el hospital conocen este episodio. Mileva recuerda cada segundo, desde que abrió la puerta y lo vio apenas agarrado al marco de la ventana, con los pies descalzos a punto de resbalar hacia el vacío, hasta que ella pegó un salto y, con todas sus fuerzas, tiró de él hacia el interior. Cayeron uno encima del otro. Mileva saltó de nuevo hasta la ventana para cerrarla mientras Tete permanecía en el suelo. Los hombros le temblaban con cada gemido.

Mileva tenía miedo de que, durante la fase agresiva, los enfermeros le pegasen. Le habían llegado rumores sobre eso y también había oído gritos al atravesar los corredores del hospital. Luego Tete le contó que a él nunca le habían pegado, sólo le habían atado. «¿Cómo, Tete? ¿Te atan las manos a la espalda?». «No, me atan a la cama». Mileva ya no se atrevió a preguntar nunca más. Podía imaginarse lo que eso implicaba: cómo daban de comer a esos enfermos, cómo se veían obligados a hacer sus necesidades... A veces, cuando regresaba a casa, Tete le preguntaba si no notaba un olor a orín. ¿Significaba eso que se acordaba de algo?

Al preguntarle al médico sobre el asunto, este le respondió: «Usted piensa de forma lógica y se imagina a sí misma en esa situación. Déjelo correr, porque sólo consigue hacerse daño. Los pacientes como su hijo perciben el mundo de una forma distinta y también tienen otra manera de recordar. No tiene que ponerse en el lugar de Eduard para entenderle y ayudarle. Es como cuando se queja de que oye sonidos y voces que no existen. Usted, en eso, no le puede servir de ayuda. Puede escucharle, quizás intentar aplacar sus miedos. Los enfermos mentales no necesitan comprensión, usted no puede comprender su mundo. Lo que necesitan es ayuda para ser funcionales, dentro de lo posible».

«Pero recuerda el olor a orines», insiste Mileva a media voz.

Como de costumbre, el doctor Maier es cordial y comprensivo, menos reservado que su predecesor. Pero, ahora que ya se han llevado a Tete, se ha puesto serio. Toma notas y pide a Mileva que le cuente lo ocurrido.

«Le ruego que me describa el incidente», dice, y se acomoda en su silla, dispuesto a escuchar con atención.

Mileva le explica que, desde hace tiempo, tiene la impresión de que, cuando se altera mucho, Tete pierde el control sobre sí mismo y se vuelve violento. Ya no puede dominarlo físicamente, sobre todo desde que vive a solas con él. Cuando era más pequeño le cogía la mano, le sentaba en el sofá y le hablaba en tono tranquilizador para distraerle de sus pensamientos. Le contaba alguna anécdota de su infancia, le prometía que el domingo irían a la montaña de excursión o que navegarían por algún lago como hacía antes. A Tete le gusta ir en barco de vela. Cuando era pequeño, su padre lo sentaba en la cubierta y navegaban junto a la orilla del lago, porque entonces Albert aún no sabía nadar. Cuando Tete se había serenado, Mileva le cantaba canciones de cuna. Por lo general, el abrazo y la voz de su madre hacían que se durmiese. Esos ataques resultaban agotadores y Mileva ya se ha quedado sin fuerzas. Tete es un chico alto y fornido. Cuando sufría un ataque y Hans Albert aún estaba con ellos, él lo sujetaba desde atrás por la cintura y lo mantenía inmovilizado hasta que se calmaba. Ahora Mileva no tiene otra alternativa que quitarse de en medio o, si lo consigue, encerrar a Tete en su habitación, mientras le escucha saltar sobre la cama, aporrear la puerta, pegar gritos... Ya ha aprendido que es inútil buscar el motivo de los ataques. Puede desquiciarle cualquier cosa, cualquier sonido, cualquier movimiento, cualquier palabra.

El despacho está en silencio. Sólo se oye el tic-tac del reloj de pared. Mileva intenta recordar los detalles de este último ataque, aunque en realidad no quiere. Mira el retrato al óleo que cuelga de la pared, al otro lado de la mesa. Se esfuerza por concentrarse. Este episodio la ha afectado más que el anterior, no tanto porque Tete la haya agredido, sino porque sabe bien las consecuencias que tendrá. Sólo piensa en que le van a quitar a su niño, su única razón para vivir. Seguro que esta vez se lo quedarán más tiempo. ¿Quizá para siempre? Mileva tiene el gesto serio, igual que el doctor Maier.

«Entonces, ¿estaba de buen humor?», le pregunta el médico.

«Sí, no había ocurrido nada especial en todo el día. No habíamos salido ni tenido visitas. Sólo ha llegado una carta de mi marido. Nada más abrirla, he visto que se trataba de asuntos financieros, así que no la he leído en voz alta como suelo hacer. Pero Tete insistía en leerla. Le he dicho que mejor luego y la he guardado en un cajón. Al principio estaba manso y yo creía que ya se había olvidado de la carta, pero luego ha empezado a gritarme que se la diese ya. "¡Ese tipo!", gritaba, "¡Mi padre! ¡Le odio, le odio, le odio! ¡Y a ti también! ¿Por qué permites que se meta en nuestra vida?"».

Aún parecía relativamente tranquilo, ya había tenido ataques de ira como este antes. "Cálmate, Tete, por favor. No nos volverá a escribir, te lo prometo", le he dicho. Se ha levantado e inclinado hacia mí con aire amenazador. "¿Que lo prometes? Y tú te atreves a prometerme algo a mí, mentirosa repugnante. ¡Tú no eres mi madre, quiero a mi madre, a mi verdadera madre!", se ha puesto a gritar de golpe. He visto cómo se transformaba físicamente, cómo la cara se le retorcía en una mueca y mi Tete se ha convertido en alguien a quien yo no reconocía, en un hombre adulto desconocido y muy violento.

"¡Mentirosa!", me ha gritado. Ha corrido hacia mí, me ha agarrado del cuello y ha empezado a apretar. "¡No me mientas más, sucia perra!".
Los vecinos han oído sus gritos y han llamado a la policía. El apartamento no estaba cerrado con llave.
Eso es todo lo que recuerdo».

«¿Acaso tengo que explicárselo todo?».
«En realidad, importa más lo que callo que lo que digo», piensa Mileva. «¿Callarme algo me convierte en una mentirosa? En cierto modo, Tete tiene razón. Soy una mentirosa cualquiera». No le ha contado al doctor todos los insultos y ofensas que le ha dirigido Tete, porque han sido más y peores de los que se atreve a reconocer o repetir. Le ha dicho que no era su madre. ¡Justo el problema está en que no es nada más que su madre, como le había recriminado Hans Albert! Es consciente de que no debe tomarse en serio las injurias de Tete, de que lo más sensato es ignorarlas. «No es él, sino el enfermo que tiene dentro», le han repetido incontables veces. Pero eso no la consuela, al menos no ahora, mientras está sentada frente al doctor Maier.

Mileva le quiere decir que todo este camino hasta Burghölzli, desde el terror por el comportamiento de Tete hasta el reconocimiento de los síntomas, desde la incredulidad hasta la aceptación de que está enfermo, lo ha hecho sola.
Y que la soledad en el dolor es algo terrible. Nunca se ha acostumbrado.
Tiene dos hijos. Uno ha cometido una enorme injusticia contra ella. La ha dejado de lado. Desde que volvieron de Berlín, Mileva cada vez prestaba menos atención a Hans Albert, pero él aún era pequeño y necesitaba a su mamá. A veces Mileva se justifica frente a sí misma diciéndose que le hacía menos falta que a Tete. Hans Albert era independiente y Mileva le

dejaba a su aire. Sólo con el tiempo comprendió que se preocupaba cada vez más por su hijo pequeño a causa del miedo de que hubiese algo profundo en él que no estuviese bien. Este desequilibrio en su atención respecto a los niños se había consolidado mucho antes y Mileva estaba convencida de que la culpa era toda suya.

Sentía que, en particular tras volver de Berlín, Hans Albert estaba cada vez más distante. Se dirigía a él por su nombre de pila y, a Eduard, por su mote. Cuando Hans Albert era pequeño, le llamaban Adu. Luego a Mileva cada vez le costó más emplear su mote infantil. ¡Había madurado tan rápido! Tanto a Albert como a ella les parecía que Hans Albert era más resistente, más fuerte, pero él también había crecido arrastrando secuelas, marcado por cicatrices profundas.

Hans Albert estaba sólo con su amargura y rabia contra el padre. No quería escribirle ni responder a sus cartas y, si alguna vez lo hacía, sus mensajes eran severos y acusadores. Albert se había quejado a Mileva de sus desplantes, siempre sospechaba que ella predisponía a sus hijos contra él. Le advirtió que no leyese las cartas que enviaba a los niños, que no les hablase mal de su padre. Una vez hubo accedido a estas condiciones adicionales, sabedora de que no tenía otra elección, Mileva cumplió la parte que le correspondía. Dejó que Hans Albert se mantuviese al margen ya que pensaba que sería lo mejor para él, pero la realidad es que no tenía fuerzas para ocuparse a la vez de Hans Albert y Tete. Tenía que hacerse cargo de su hermano, más débil y cada vez más enfermo. Lo mismo había ocurrido durante su infancia en Novi Sad. Su madre, Marija, se había ocupado más de Zorka que de ella. No sólo porque Zorka fuese la pequeña, sino también porque su madre sentía que era la más frágil de las dos.

«También soy culpable de su matrimonio con Frieda Knecht», piensa Mileva.

Fue ella quien invitó a Frieda, su amiga de Leipzig, a su casa. Cuando ella les visitaba en Zúrich, Mileva no veía nada malo en que Frieda, diez años mayor, interpretase música a dúo con Hans Albert, porque tocaba el piano de maravilla. Es más, Mileva disfrutaba viendo su compenetración. Frieda estaba fascinada con sus hijos y solía elogiarlos por su inteligencia y modales. «Además son guapos», añadía con una sonrisilla. Mileva no prestó atención a esos elogios que, como luego se descubrió, tenían un doble fondo. No veía a sus hijos como si fuesen hombres. Para ella eran sus niños. En una ocasión, Frieda le dijo: «No llames niño a Hans Albert, ya es un hombre hecho y derecho». Mileva le respondió que sólo tenía veinte años y luego, lo recuerda bien, se paró a reflexionar. Frieda tenía razón, con veinte años Hans Albert ya no era un niño. Era alto, de pelo espeso y oscuro y tenía los rasgos faciales de su padre. Su expresión circunspecta le hacía parecer aún mayor. ¿Quizá Frieda se refería a eso? ¿Quizá fue eso lo que la atrajo de él?

¿Y qué cualidad de Frieda atrajo a Hans Albert? Le sacaba muchos años y apenas medía un metro treinta. Vista desde lejos, parecía una chiquilla. No había nada seductor en su aspecto físico: ni la cara, ni los ojos, ni el pelo. Si tuviese que describirla en una palabra, esa sería «anodina». Tan anodina era que la gente pasaba frente a ella sin prestarle ninguna atención, salvo por su estatura inusualmente baja. Cuando se conocieron, a Mileva le gustaron la vivacidad y la determinación de Frieda. Le encantó su valentía a la hora de expresar siempre sus opiniones de forma clara y rotunda, pese a parecer casi una enana. Frieda ignoraba su defecto, Mileva siempre tenía presente el suyo.

¿Quizá Hans Albert había visto en ella a una segunda madre? ¿Quizá era su forma de decirle a Mileva que le había dejado de lado? ¿O, como creía Albert, simplemente era cándido e inexperto en asuntos de mujeres? Cuando Hans Albert decidió casarse con Frieda, Albert, impotente y furioso, le echó la culpa a Mileva. «Esto no hubiese ocurrido si le hubieses dejado estudiar en Múnich como quería, si hubiese vivido con otros estudiantes en lugar de encerrarlo contigo en casa», le reprochó. «¡Has mantenido siempre a los niños contigo, nunca les has dejado respirar! Son hombres, no puedes permitir que estén demasiado unidos a ti. ¿Cómo crees que se van a emancipar, si no? Eres una egoísta, siempre lo has sido».

Albert hablaba por experiencia propia. Si con dieciséis años no se hubiese marchado de casa a Ulm y luego huido a Aarau para terminar el instituto, no estaba claro que Paulina lo hubiese soltado jamás. Nunca lo dejaba tranquilo: siempre exigía que la escuchase, incluso cuando ya era mayor. Albert se defendía de ella con el desprecio y la ironía. Sin embargo, había algo en lo que Paulina se había alzado con el triunfo: había dejado a Mileva para casarse con Elsa, judía. En buena parte había sido mérito suyo.

La propia Mileva se preguntaba si era sobreprotectora con sus hijos. ¿Era porque se preocupaba por ellos o por sí misma, como le echaba en cara Albert? Si quería preocuparse por su bienestar, debería haberlos dejado irse de casa antes, como decía él. Como mínimo a Hans Albert y quizá también a Tete, aunque este era de salud delicada. Tendría que haberlo enviado a un internado como ella cuando era universitaria. Ahora recordaba ese periodo como maravilloso, la época de las grandes amistades. Hans Albert era tímido con las mujeres, un rasgo que a Albert le molestaba en especial. «Tienes que darle la oportunidad de que esté con gente de su edad, de que conozca a mujeres», amonestaba a Mileva. «Sólo le interesa estudiar, de día y de noche. Si no estudia, toca el piano. ¿Cuándo tiene tiempo para relacionarse con mujeres?», se defendía ella. Lo cierto es que, aunque recriminaba a Albert que no se preocupase por la educación de los niños, cada vez que intentaba participar en una decisión ella se interponía. Como si siempre y para siempre tuviese que protegerlos del mundo, incluso de su propio padre. Incluso aunque este tuviese razón.

Cuando se enteró de que Hans Albert tenía una relación con Frieda, Albert al principio no se alarmó. Creía que era bueno que finalmente su hijo mayor «cogiese experiencia». «Es algo pasajero, no te preocupes», tranquilizaba a Mileva, y quizá también a sí mismo.

Nada más licenciarse, Hans Albert buscó trabajo. Consiguió uno en Dortmund y enseguida invitó a Frieda a ir con él. Fue entonces cuando Albert entendió que su relación iba en serio y no podía aceptarlo. «¡Esa mujer lo ha cazado! ¡Nadie más la hubiese querido!», exclamaba furioso. «¡Sería una irresponsabilidad que trajesen niños al mundo!». La baja estatura de Frieda le obsesionaba hasta tal punto que llegó a consultar a expertos sobre las posibilidades de que tuviesen hijos enanos. «No recomendamos que tengan descendencia», sentenciaron. A su manera intempestiva, Albert se lo soltó a Hans Albert a bocajarro. Creía que, de esta forma, les iba a ahorrar sufrimiento a los dos. ¿Quién querría tener niños enanos? Incluso estaba dispuesto a aceptar el matrimonio con la condición de que no tuviesen hijos. Lo único que consiguió fue que Hans Albert se volviese cada vez más frío y distante.

«Va de cabeza al abismo», escribió Albert a Mileva, como si de alguna manera ella pudiese cambiar su decisión. Mileva debía reconocerse que también estaba contra ese matrimonio. El temor por su hijo la unía a Albert. Pero, dentro de todo este drama, no dejaba de preguntarse: ¿Por qué Albert reacciona de forma tan histérica? ¿Quizá, en Frieda la veía a ella? ¿A una persona con un defecto físico, una mujer inválida que sólo iba a traer desgracias a su esposo?

Por Frieda tenía mala conciencia. ¿Cómo era posible que una mujer a la que hasta hace poco admiraba por el valor con que llevaba su defecto –¡qué poco le gusta esa palabra!– de repente se le hiciese odiosa? ¿Acaso no tenía la empatía suficiente para ponerse en su piel y plantearse cómo era vivir en un piso y no poder ni siquiera asomarse a la ventana? ¿Cómo debía ser tratar con la gente teniendo que levantar siempre la cabeza para mirar arriba? Jamás, salvo que se sentasen, podía mirarlos de igual a igual. Nada estaba hecho a su medida: las mesas eran demasiado altas, tenía que encaramarse a las sillas, en las tiendas apenas llegaba al mostrador...

Se acordaba de cómo se había sentido cuando nadie la sacó en el baile del instituto. Debería haber sabido que ningún muchacho se atrevería a bailar con ella. Desde pequeña se había sentido apartada de la sociedad, como si valiese menos. Ella también ha sufrido las miradas de desprecio, la superioridad cortés y los cuchicheos malévolos a su espalda. Le había contado a Frieda cómo los niños iban detrás de ella imitando su cojear. Todavía hoy, cuando va a Novi Sad, en la estación siempre hay algún ocioso que la sigue cojeando para entretenerse. Hablaba con Frieda sobre lo curioso de que la gente asociase los defectos físicos a los psíquicos. «Tratan a los inválidos como si fuesen retrasados mentales», decía Frieda. Esta actitud primitiva era lo que más enfadaba a Miloš, el padre de Mileva. Fue uno de los motivos por los que le pagó los estudios y una vida fuera de Novi Sad. Su padre creía que, en la civilizada Suiza, las personas eran educadas y sabrían refrenar sus bajos instintos. En eso, ambas estaban de acuerdo.

Al recordar esa conversación, Mileva sólo podía sentir vergüenza de sí misma. ¿Qué derecho moral tenía una coja a reírse de una enana? ¿Qué era lo que la hacía mejor? ¿Cómo puede una persona ser tan arrogante como para juzgar a los demás por su altura? «El miedo por un hijo no justifica ser prejuicioso», le escribió a Albert. Este se apaciguó un poco cuando, tras la boda, Hans Albert fue a Berlín para presentarle a Frieda. Con la volubilidad que le caracterizaba, le envió a Mileva una carta llena de entusiasmo por su flamante nuera. «Si supieses hasta qué punto es divertida y sensata», le escribió, olvidando que Frieda era su amiga y que la conocía bien. Sobre su estatura no dijo una sola palabra.

Poco antes les había invadido el terror al saber que Frieda estaba embarazada. «¿Dará a luz a un enano?». Cuando nació su hijo, Mileva fue a visitarlos para conocer al pequeño Bernhard. El bebé era de tamaño y peso normales para su edad, tenía unos ojos bonitos, comía bien y se reía con frecuencia. «Parece satisfecho», le comunicó Mileva a Albert.

Debería hablarle al doctor Maier sobre Frieda, para que supiese que el divorcio había afectado también a su hijo mayor. Y que, con su dedicación a Tete, aunque fuese porque estaba enfermo, había descuidado a Hans Albert. Por último, para tener una imagen completa, habría que averiguar la influencia del divorcio en la vida de Albert y la suya. Pero el divorcio es el único tema del que Mileva no quiere hablar. ¿Cómo se verían afectados Albert y su reputación como científico? Las demás parejas también se divorcian, pero sus hijos no sufren enfermedades mentales por culpa de eso. Mileva no piensa que discutir sobre la responsabilidad del padre sea de ninguna ayuda para Eduard. Le vuelven a la memoria las palabras de Tete y se las cita al doctor Maier: «*Es bonito tener a un padre superior a ti, pero a veces también es difícil. Uno se siente tan insignificante...*».*

El médico asiente con la cabeza, como si estuviese de acuerdo.

«Como padres, éramos totalmente distintos», le explica Mileva. «Yo estaba feliz de que Eduard intentase ser creativo. En todo lo que me parecía normal, positivo, intentaba apoyarle. Tenía miedo de que la balanza se inclinase hacia el otro lado, hacia la hostilidad. Para su padre, la enfermedad de Eduard era algo abstracto. No veía su estado de ánimo cambiar varias veces en un mismo día. Con qué facilidad, sin motivo aparente, pasaba de ser educado y pacífico a incómodo y peligroso. A diferencia de Albert, yo estaba convencida de que, como niño enfermo, había que protegerle. De que tenía que protegerle –a veces incluso físicamente– de sí mismo. Pero Albert veía en mí las dos causas de la enfermedad de Tete: la herencia genética de mi familia y la educación que le estaba dando por sobreprotegerle como madre. En cualquier caso, yo llevaba el peso de la responsabilidad, porque Tete vivía conmigo.

»Pasó mucho tiempo, quizá demasiado, hasta que entendí de verdad lo que me decía el doctor Bleuler: que los episodios maniacos y la conducta excéntrica de Tete, igual que su apatía emocional y su retraimiento, eran síntomas de una misma enfermedad. De hecho, este paso súbito de un extremo a otro es característico de la esquizofrenia. Sin embargo, jamás le pregunté al doctor si la educación que le daba a Tete podía haber influido. Ni sobre el efecto de traumas como el que le supuso el divorcio. No le dije que estaba convencida de que, en el caso de Eduard, era imposible que no hubiese tenido consecuencias».

«No se torture por eso, señora Einstein. Acusarse a sí misma ni es necesario ni va a ayudar a su hijo. Tenemos que centrarnos en el tratamiento», la tranquiliza el doctor Maier.

«Sí, ahora tenéis que centraros en eso», piensa Mileva. Pero, si fuese otra persona, es muy probable que hubiese criado a sus hijos de una manera distinta. Si no hubiese tenido un trastorno mental al que ahora estaba de moda llamar «depresión», ¿ahora mismo estaría sentada en este despacho?». Es consciente de eso y por este motivo procuraba enviar con mayor frecuencia a los niños con su padre, pero Albert casi nunca tenía tiempo para ellos. Los mandaba a pasar las vacaciones con amigos, aunque le daba pavor quedarse sola. Solía irse a alguna parte. No soportaba estar en un apartamento vacío. Siente la ausencia de sus hijos como una carencia física. Ambos, especialmente Tete, forman parte de ella, son su prolongación. Peor aún: son su único vínculo con la vida. ¿Cómo iba a dejar que se fuesen?

En algún momento le reconocerá a Albert que estaba en lo cierto.

«He sido egoísta», le dirá. «No les he dejado ir pensando en mí. Hubiese sido como suicidarme. Varias veces estuve en el límite. Porque, para mí, estar sola significaba quedarme cara a cara con mi estado psíquico, con mi enfermedad. No te culpo de eso, aunque no estés libre de culpa. No se trata de que me hubiese hecho daño a mí misma. No me hubiese tirado por la ventana ni me hubiese ahorcado. No es miedo a la muerte, porque igualmente vive dentro de cada uno de nosotros. En mi caso, la muerte –una muerte fortuita– sería la solución. Ni siquiera me planteaba suicidarme por los niños. Así es como me mantenían en vida: mientras me sintiese responsable de ellos, tenía que vivir».

En realidad, todo esto tendría que decírselo a los médicos, al doctor Maier o a Freud, si tuviese la oportunidad de hacerlo. A alguien que se ocupe de la mente.

«¿Quizá los psiquiatras me dirían que, de forma inconsciente, he criado a los niños de forma que dependiesen de mí para mantenerme yo con vida? Es posible. No descarto la posibilidad de que mi mente alterase mi conducta con ellos. El mayor problema eran los sentimientos negativos que me asaltaban, una desesperanza y una tristeza que no conseguía aplacar. Desde hace tiempo estoy en el límite y apenas lo disimulo. Me quedaría en la cama durante días enteros. Ni me lavaría, ni peinaría, ni me cambiaría de ropa. Sólo querría estar tumbada, sumiéndome en una desesperanza cada vez mayor. ¿Sabes qué es vivir sin ningún sentido? Los niños no me curan de esta sensación, pero sí la mitigan. ¿Quizá, en el fondo, estoy más enferma que nuestro hijo?».

Mileva está aquí por Tete, es él quien sufre. Ella no tiene derecho a sufrir, como mínimo ahora. ¿Quizá la crisis se deba a su reciente encuentro con Albert? Vino a despedirse de ellos antes de marcharse a América. «Mica, me voy de Berlín. Ya sabes que, desde que Hitler llegó al poder, me he convertido en enemigo del Estado. Por mi pacifismo y por hablar claro, pero también porque soy judío. Es paradójico que, al cabo una vida sin querer declararme como tal, ahora eso determine mi futuro. Las amenazas y los ataques contra mí han ido pasando de los periódicos a la vida real. ¿Por qué esperar a que, yendo por la calle, algún energúmeno me abra la cabeza? ¿O a que me arresten? No, Elsa y yo nos vamos e Ilse y Margot se nos unirán más adelante. También he pensado en llevarme a Tete, pero los médicos a quienes he consultado se oponen. Dicen que el viaje y el cambio de entorno agravarían su estado. Además, en Zúrich estáis seguros.

Tete entendió que su padre se mudaba a otro continente, pero... ¿qué significaba eso dentro de su cabeza? ¿Le turbaba la posibilidad no volverle a ver? Quizá interpretaba esa marcha como que jamás se volverían a encontrar, como si, una vez su padre se hubiese ido, sería como si estuviese muerto.

Ese día de primavera, tanto la visita de Albert como la comida transcurrieron en paz como antes, cuando eran una familia. Los tres saborearon una oca asada y Mileva incluso logró encontrar fresas, la fruta predilecta de él. «¿Cómo te has acordado de que me gustan las fresas?», se extrañó Albert. Mileva se ruborizó. «¿Cómo iba a olvidarlo? También te he hecho pastel de chocolate». Se dio cuenta de que eso le había conmovido. Luego Tete y Albert interpretaron a Mozart. Sonaban en armonía, como si tocasen juntos a diario. Albert quedó satisfecho y elogió a Tete. Sólo cuando ya se iba, Tete se entristeció. «Padre, ¿es verdad que no voy a verle más?», le preguntó. «No exageres, Eduard, claro que sí», le respondió Albert en tono serio. «Sólo tiene que calmarse un poco esta histeria de Hitler. Vendré a Europa, por mi trabajo viajo mucho. Hay líneas regulares en transatlántico y también puedo venir en avión. ¡En un solo día, imagínate! ¿No es fantástico?». Al oír eso, Tete se puso contento y se despidieron sin besarse. Sólo encajaron las manos y se dieron el uno al otro golpecitos en la espalda. Como hacen los hombres.

A Mileva, Albert la abrazó y besó con fuerza. «¿Acaso no le voy a ver más?», pensó ella, y la sola idea la hizo estremecerse. Cuando cerró la puerta tras de sí, tuvo el presentimiento de que nunca más le vería.

Al fin el doctor Maier se levanta y empieza a andar por el despacho. Es obvio que hay algo en las palabras de Mileva que le inquieta, aunque probablemente vea que al describir el incidente no le ha dado toda la información. «Esta vez es distinto», sentencia. «Hasta ahora sus episodios no la habían puesto a usted en riesgo. Quiero decir, no había mostrado este nivel de agresividad. Nos lo tendremos que quedar para observarle. Me temo que esta situación puede durar, ¿lo entiende? Resulta difícil predecir cuánto. Ya sabe que aquí somos reacios a las estancias largas pero, cuando se trata de un paciente tan agresivo, a veces es necesario. Usted no tiene nada en contra, ¿verdad?».

Ahora el médico habla de ella, de que corre peligro. No, Mileva no tiene nada en contra. Ya no sabe qué hacer con Tete en casa. Ha empezado a darle miedo. Eso no puede reconocérselo al doctor, porque se arriesga a que ya no le suelten nunca. Y, pese a todo lo sucedido, Mileva necesita con desesperación tenerlo junto a ella.

«¿Alguna vez siente miedo de Eduard? Responda con sinceridad, es importante. Sé que piensa en las consecuencias que eso puede tener para él, pero también debe pensar en sí misma».

Se ha dado cuenta. Le ha leído el pensamiento. Con su experiencia como médico seguro que es fácil. Mileva hace un leve gesto de asentir con la cabeza. Ha traicionado a Tete.

De nuevo. Así se siente cada vez que lo lleva a la clínica. Como si sólo dependiese de ella, como si fuese ella la causante de su estado. Se lo dice al médico.

El doctor Maier la mira, a Mileva le parece que con cierta compasión. «¿No cree que se atribuye demasiada responsabilidad por el trastorno de Tete? Señora Einstein, no todo depende de usted, sino también de los demás, de las circunstancias, del entorno, de la genética... ¿no le parece?». Está claro que piensa en Zorka. Conoce su caso porque estuvo ingresada en Burghölzli en 1917 y 1918.

Con todo, Mileva ha reconocido que tiene miedo y siente una liberación. Nota las lágrimas resbalándole por las mejillas. Está cansada. La tensión se disipa. Le resulta incómodo llorar frente al doctor Maier, pero al mismo tiempo sabe que él está acostumbrado. Lloran los pacientes, lloran sus madres... a veces incluso algún padre. «¿Quizá Albert lloraría ahora?», se pregunta Mileva. En este momento, no puede evitar pensar en él. No deja de preguntarse qué diría o haría. Como es lógico, le informa con regularidad sobre cómo está Tete y él incluso le había llamado cuando consiguió un número de teléfono. Pero Albert siempre delega en Mileva a la hora de tomar decisiones. «Tú sabrás mejor», le dice. «Porque vives con los niños». Y le repite que tiene plena confianza en ella.

«Quizá demasiada, querido Albert».

Mileva sabe que esa es su forma de quitarse la responsabilidad de encima y eso la apena. De todas formas, no sería de ayuda ni para ella ni para su hijo. Mientras espera a que el doctor complete las formalidades del ingreso, piensa si no es demasiado severa con Albert como padre. ¿Cuántos padres que no viven con sus hijos pueden influir en su educación? Se acuerda de que, cuando eran pequeños, se subía a Adu a hombros y ponía a Tete en el cochecito. De esta guisa iban hasta el parque ante la perplejidad de los transeúntes. Con Hans Albert, dejaba que su velero flotase a la deriva por el lago mientras jugaban a la pelota, algo que por entonces no era habitual. Este comportamiento se consideraba impropio de hombres adultos. Le señalaban con el dedo pero, por suerte, él no se daba cuenta. Quizá sería diferente si hubiese tenido más contacto con sus hijos, si se hubiese ocupado más de ellos, si le hubiesen visitado con más frecuencia en Berlín... ¿Por qué no le había pedido consejo cuando vio que a Tete la gustaba Stana, la prima de Helena? Tete ya tenía dieciséis años, pero Stana era un poco mayor; estudiaba en la universidad en Belgrado. A su vuelta de un viaje a París se quedó una semana con ellos y Tete sufrió una transformación repentina. De golpe era alegre y encantador. Dedicaba poemas a Stana y le enseñaba sus libros favoritos. Cuando quería ganarse a alguien, Tete le tocaba el piano. Le pidió a Stana que tocasen juntos, pero esta le rechazó. En tono afable, le dijo que no se le daba tan bien como a él y no quería quedar en evidencia. Mileva vio que Tete se tomaba mal el rechazo. En su carácter había algo infantil. Si él quería que Stana tocase con él, así debía hacerse. Ella le había rechazado como a un niño terco que no atiende a razones, y había hecho bien. Pero Tete era incapaz de aceptarlo: le suplicó y se puso de rodillas hasta que al final Stana, sonriendo, tocó unos compases con él.

Primero a Mileva le pareció que el comportamiento de Tete con Stana era normal, porque resultaba obvio que estaba enamorado de ella. Incluso se sentía un poco celosa, porque esos días la atención de su hijo estaba centrada en Stana y quería pasar todo el tiempo con ella. Pero una mañana, Mileva le encontró frente a la puerta de la habitación de Stana, que estaba entreabierta. Stana aún dormía. Cuando Mileva apareció en el pasillo, Tete ni siquiera se inmutó. Se le acercó y le susurró al oído: «Mamá, es tan guapa». Mileva asintió y comenzó a acariciarle: «Sí, pero no puedes espiarla en su habitación. Si se enterase se enfadaría».

Se sentó junto a la ventana, todavía deslumbrado por lo que acababa de ver. Stana era una muchacha atractiva y moderna que llevaba el pelo corto. De día, Tete le enseñaba la ciudad y, de noche, iban a una cervecería no muy lejos de su casa donde se juntaban los universitarios. Cuando Mileva contemplaba el rostro de su hijo iluminado por la ternura, le daba pena. «La chica pronto se va a ir. Para ella, la relación con Tete no pasa de una amistad superficial. Es probable que ni siquiera se dé cuenta de que Tete se esfuerza por impresionarla o que sólo le parezca entretenido». Mileva era dolorosamente consciente de que, cada vez que ella le miraba o se tocaban por casualidad, Tete se lo tomaba muy en serio.

Tete está acostumbrado –le ha acostumbrado Mileva– a que su madre se lo tome en serio, tanto a él como todo lo que hace. «Qué bien toca el piano, ¿verdad?», le elogia frente a los invitados. «¿Verdad es que es un poema fantástico?», pregunta al visitante desprevenido. «¿No tiene una imaginación enorme? Qué gran talento, ¿no crees?». Y, ahora, quería llamar la atención a una persona que no se lo tomaba tan en serio, que no le admiraba lo suficiente. «¿Cómo reaccionará cuando ella se vaya?», se preguntaba Mileva, intuyendo complicaciones.

Se acordó de la estudiante a la que había alquilado una habitación. A veces alquilaba el cuarto de Hans Albert a jóvenes para que Tete tuviese compañía. Le daba la impresión de que aquella estudiante de Física estaba un poco enamorada de Tete. Él no mostraba ningún signo de interés, pero por las noches le gustaba ir con ella a bailar o tomar algo. Al volver de una de estas salidas, la chica le contó a Mileva que Tete se había puesto fuera de sí. Estaba manteniendo una conversación un poco más larga de lo habitual con un compañero cuando Tete se volvió agresivo. «Deja a la chica en paz, porque la atosigas con tus estupideces», le increpó. Estaba dispuesto a agredirle. La joven le dijo a Mileva algo que jamás ha podido olvidar: «Se le enturbió la mirada y, en sus ojos, vi un brillo amenazante».

«Qué bien lo ha descrito», pensó Mileva. «Ni yo misma lo habría hecho mejor. Sabía a la perfección de lo que hablaba la chica. Ya de bien pequeño, cuando se enfadaba, la mirada se le volvía exactamente así, como bronca. Luego empezaba a dar patadas y a tirar cosas al suelo. A veces pegaba a Mileva con sus puños diminutos o se ponía a llorar sin motivo. Ella lo calmaba con abrazos y palabras confortadoras. Para ver si estaba alterado, le bastaba con fijarse en sus ojos. Primero bajaba la cabeza y comenzaba a mirar de un lado para otro. Luego en esa mirada resplandecía la furia y brotaba de él una energía violenta: la necesidad de atacar a alguien, ya fuese de palabra o acción.

Mileva es consciente de que otra vez enumera sus fracasos, pero es algo que no puede evitar. Abandonó a Lieserl por Albert. Abandonó a uno de sus hijos por el otro y a Albert por sus hijos. Y, finalmente, se ha abandonado a sí misma.

Piensa que, en su vida cotidiana, ya hace tiempo que no hay lugar ni para la física ni para Albert. ¿Sabe él cómo es reconocerse que su hijo está enfermo y ver a diario cómo sufre, enloquece y se pone violento? Todo eso se lo había ahorrado. Ella no. Esa es la diferencia entre ambos.

«Nos separamos por los niños. Por Lieserl, por Hans Albert, por Tete».

No sabe qué poner en el otro plato de la balanza, salvo que ha intentado ser una buena madre, una buena colaboradora, una buena esposa y una buena hija. Pero ha sido demasiado débil, se ha ido volviendo cada vez más frágil y enfermiza. Ahora es mucho más débil que cuando era joven y no estaba sola. No fue hasta marcharse de Berlín cuando comprendió hasta qué punto dependía de Albert, aunque en la práctica él no la ayudase. Mientras estaban juntos era fuerte, porque no se sentía sola ni debía soportar toda la responsabilidad por lo que ocurría en su vida. Tras irse de Berlín, tras la ruptura con Albert, tras la enfermedad de Tete que le ha dado el golpe definitivo, a duras penas logra ir tirando. A veces no es capaz de salir de casa durante días.

¿Debería contarle también eso al doctor?

«Debería reconocerle de una vez por todas que yo también soy una enferma». ¿Por qué hago ver que mi mente está sana, que lo puedo resistir todo? ¿Por qué no le digo que, después de que Albert me pidiese el divorcio, me pasé meses en el hospital, incapaz de moverme, sin que los médicos pudiesen encontrar la razón? ¿Por qué dudo sobre si hablar de la tristeza que me oprime desde hace ya tres décadas?». Pero estas preguntas las va a dejar para otra visita. Ahora ha venido aquí por su hijo, para que esté bien cuidado, para ayudarlo, si puede. Y para ayudarse a sí misma. No puede seguir viviendo con el miedo de que Tete se haga daño a sí mismo o a alguien más. Y, eso, ella ya no puede evitarlo.

En los últimos años, su vida ha girado en exclusiva en torno a Tete. Vive día a día, a veces hora a hora. Los días buenos son los que pasan de forma tranquila y rutinaria. Tete se levanta tarde, siempre tarde. Si lo encuentra de buena mañana sentado a la mesa, no es buena señal. Charlan, escuchan la radio. Leen, Mileva cocina. También sale a hacer la compra, aunque no le gusta. Una vez, cuando le dejó solo para ir hasta la tienda, al volver se encontró con la policía. Tete había estado tirando sillas desde el balcón. Al subir de nuevo al piso, vio que dos agentes le tenían agarrado. Él intentaba liberarse y gritaba. Mileva dejó la bolsa en el suelo y arremetió contra los policías golpeándoles con los puños: «¡Soltad a mi niño, dejadlo en paz! ¿No veis cómo sufre?». Uno de ellos reaccionó con severidad: «¡Cálmese, señora Einstein! ¡Su Eduard ya no es un niño, hágase a la idea!».

El resto de personas no le ven como ella. No se dan cuenta de que, aunque alto y fuerte, en el fondo continúa siendo un niño.

«Mamá, ¿verdad que nunca me abandonarás?», le pregunta alguna vez Tete por sorpresa. Y ella se queda paralizada. La palabra «abandonar» le recuerda a Lieserl. «No, cariño, siempre estaremos juntos», le responde. No sabe de qué otra forma tranquilizarlo.

Mientras aún estaban los tres, cuando Hans Albert oía estas palabras lanzaba una mirada de reproche. «¿Por qué le dices eso?», le había llegado a recriminar cuando los dos todavía eran niños. ¿Quizá había presentido que Tete estaba enfermo antes que Mileva? ¿O, como ella durante mucho tiempo, había creído que su hermano estaba perfectamente bien y sólo de vez en cuando se comportaba de forma extraña? Hans Albert es su testigo, pero también su juez. Le dolía ver que, en estas situaciones, ponía cara de indiferencia. ¿Le importaba su hermano o lo había dejado por imposible como su padre? ¿Cuándo se había dado cuenta de que Tete estaba enfermo? ¿Quizá ella había permanecido ciega durante mucho tiempo por estar demasiado cerca de él?

Cada vez con mayor frecuencia, se sorprende a sí misma vigilando, y no sólo cómo se comporta Tete, qué aspecto tiene, cómo habla. Entra en su habitación, le revuelve la cama, busca entre su ropa. Si él la descubre, le dice que está preparando la colada. Cuando Tete está de buen humor le toma el pelo e incluso lleva él mismo la ropa. Ni la propia Mileva sabe qué está buscando. Señales, busca señales, pero el problema es que no sabe qué forma pueden tener. «Migajas de pan y manzanas podridas en la cama. Eso no es ser desordenado», le escribe a Albert. «Como si no supiese diferenciar entre el desorden y el trastorno mental».

«Tete me explica cómo da de comer a los pájaros que le visitan por la noche. A veces pienso que bromea, porque lo dice sonriendo, pero está plenamente convencido. Si esto te lo dice un niño de nueve años, le crees. Pero, ¿un chico de veinte años? Lo sé, "trastorno" es una palabra seria, pero ahora figura en su expediente médico.

Cómo puedo explicar a alguien lo que siento en el fondo del estómago cuando Tete se tapa los labios con el índice y me advierte: "Silencio, mamá, o los vas a asustar. Están en el rincón, ¿los ves? Se han acurrucado allí porque tienen miedo de nuestras voces". Mi único consuelo es que no ocurre a menudo, pero... ¿qué significa "a menudo" en su caso?».

A veces se transforma en una cazadora de palabras y gestos, de sus cambios de humor. Ha aprendido a reconocer los signos de la tormenta antes de que estalle. La inquietud aparece primero en su mirada y en su discurso, que se acelera; luego se transmite a sus movimientos. Cuando empieza a golpear las puertas y romperlo todo ya es tarde. Ha dejado de oír lo que le dice Mileva y su presencia sólo le enfurece todavía más. Pero, en el fondo, Tete sabe que ella es la única que se queda a su lado incluso entonces, la única con quien se puede desahogar, la que jamás va a abandonarle. Ni siquiera cuando los ataques son más repetidos y violentos, cuando grita, sale al balcón y tira cosas a la calle hasta que llega la policía.

«Tete, yo soy tu policía y tu enfermero», piensa Mileva con amargura.

El doctor Maier vuelve a sentarse y escribe. Mileva podrá visitar a Tete en unos días, pero entretanto debe intentar calmarse, porque luego necesitará tener fuerzas. «No le puedo abandonar», dice con tristeza, en un tono que hace que el doctor Maier levante la cabeza y se la quede mirando.

Él sabe que sólo Tete la mantiene con vida.

«Le necesito. ¿Me puedo quedar aquí con él? Se lo suplico», susurra Mileva.

«Claro que le necesita, señora Einstein. Pero ahora no le está abandonando, simplemente lo deja un tiempo con nosotros. Esta es la receta para su tintura. Tómesela como mínimo tres veces al día durante una semana. Para ayudar a Eduard, primero tiene que ayudarse a sí misma».

Mileva se despide y se va. Las puertas macizas de la clínica de Burghölzli se cierran a su espalda. Al cruzar el parque, mira hacia las ventanas, pero sabe que Tete no la puede ver. «Ya duerme, seguro que duerme», se consuela. Ahora también se cierra detrás de ella la verja de hierro.

El camino de vuelta desde el hospital va cuesta abajo. Mileva camina con dificultad. Está sola, no tiene en quien apoyarse, no tiene a nadie a quien coger del brazo para que la sostenga. Pero incluso así no quiere tomar un taxi. Es un camino que conoce bien y que ahora recorrerá cada día para visitar a Tete.

«Buscaré un bastón», piensa. Así es, en adelante llevará bastón, algo a lo que durante largo tiempo se había negado. «Me agarraré bien fuerte a él. Ha llegado la hora. Tengo que resistir. Tete aún me necesita».

«Albert, estoy tan sola».

De camino hacia casa se acuerda de una escena que ha ocurrido en el hospital. Cuando Tete salía del despacho del director, se ha vuelto hacia ella y le ha preguntado: «Mamá, ¿por qué me abandonas?». A Mileva le ha parecido que, a través de él, hablaba Lieserl. Y se ha puesto a temblar.

Índice